文學叢刊

陳福成 著

# 我與當代中國大學圖書館的因緣(三)

## ——暨人間道上零散腳印的證據詩題集

文史哲出版社印行

國家圖書館出版品預行編目資料

我與當代中國大學圖書館的因緣(三) ：暨人間道上零散腳印的證據詩題集 / 陳福成著 -- 初版 -- 臺北市：文史哲出版社, 民 110.01
頁; 公分 --（文學叢刊；431）
ISBN 978-986-314-543-1（平裝）

856.186 110000560

文 學 叢 刊 431

# 我與當代中國大學圖書館的因緣(三)

## 暨人間道上零散腳印的證據詩題集

著 者：陳 福 成
出版者：文 史 哲 出 版 社
http:// www.lapen.com.tw
e-mail：lapen@ms74.hinet.net
登記證字號：行政院新聞局版臺業字五三三七號
發 行 人：彭 正 雄
發 行 所：文 史 哲 出 版 社
印 刷 者：文 史 哲 出 版 社
臺北市羅斯福路一段七十二巷四號
郵政劃撥帳號：一六一八〇一七五
電話886-2-23511028 · 傳真886-2-23965656
定價新臺幣五八〇元
二〇二一年（民一一〇）一月初版


ISBN 978-986-314-543-1 10431

# 序：我與當代中國大學圖書館的因緣（三）

## ——暨人間道上零散腳印的證據詩題集

傳說中
垃圾變黃金
石頭釀酒
煮雲成飯
廢物變寶物
到底是真的！
還是假的？
現在住在我這金屋裡的所有寶貝
多年來天天抱在懷裡
如抱情人

一日不見如隔三秋
凝神望望他們
他們的心跳與我同步
或撫摸每一個寶貝的笑顏
許多的故事浮現
一張一張人生走過的腳步
風雨尚未帶走的證據
他們是我
我就是他們
我誓言永遠保護我的寶貝
與寶貝們同生共死

然而，我心裡明白
人生數十寒暑
遲早取得西方極樂國之簽證
最近老同學相聚，竟已開始推銷

預立安寧緩和醫療暨維生醫療抉擇意願書
可見距離西方國是不遠了
當那一刻來臨
下一刻
我的所有這些寶貝瞬間都成了廢物
真正的垃圾
清除到垃圾場，置於焚化爐中
灰飛煙滅
屍骨不存
啊！我的寶貝，相知相愛的情人
我心不忍，我心傷痛

幾年前
我意識到這場災難將要來臨
我決心要挽救我所有的寶貝——情人
讓他們住到更有保障的金屋

——中國各大學、各級圖書館

在這些金屋中
我的寶貝們天天享受空調和專人侍候
有國家的預算維護保養
他們過著幸福美滿的生活
又可以快樂度過數百年
不像我數十寒暑就打烊了
但我心安，了無牽掛

我以挽救人類的鴻圖心願
挽救我的寶貝
有如地球第六次大滅絕來臨前
一批批人類被送往「第二地球」
我已將一批批我的寶貝送往
當代中國（含臺灣）各大學、各級圖書館
前面已送出十餘批寶貝，現在是末批了

我的人生豐富，寶貝特別多
走過人間道，證據都要留下
這些都是黃金，故能住中國金屋——圖書館

一個生長在臺灣的中國人
台北公館蟾蜍山　萬盛草堂主人　陳福成
在地球上從廿世紀走到廿一世紀
他留下一些寶貝和大約一百五十本書給後人
我的所有著作都是中華民族的公共財
任何單位、團體均可印行廣為流傳
這是我與出版家彭正雄先生的共同信念
我們一生以復興中華文化為志業
誌於佛曆二五六三年、公元二〇二〇年十月吉日

# 我與當代中國大學圖書館的因緣（三）

## ——暨人間道上零散腳印的證據詩題集

## 目次

## 輯二　台灣地區大學圖書館……六七



## 輯三　因緣合和的證據……九九

**輯　六　古生代化石存在的證據**　

## 輯　九　藝文友誼零散的證據

# 輯 一 大陸地區大學圖書館

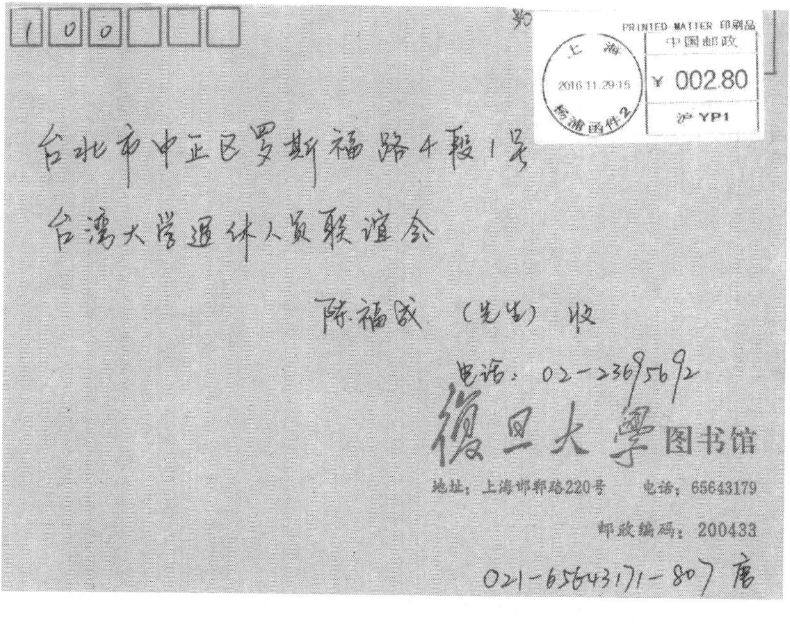

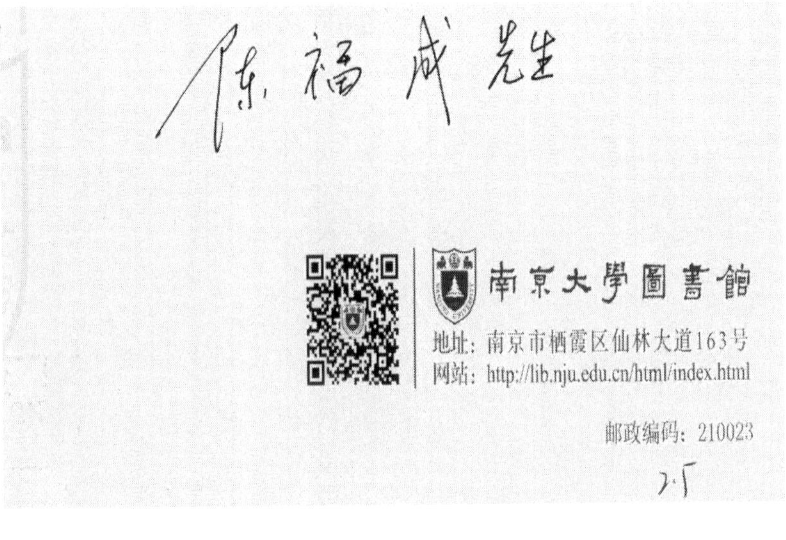
陈福成先生
南京大學圖書館
地址：南京市栖霞区仙林大道163号
网站：http://lib.nju.edu.cn/html/index.html
邮政编码：210023

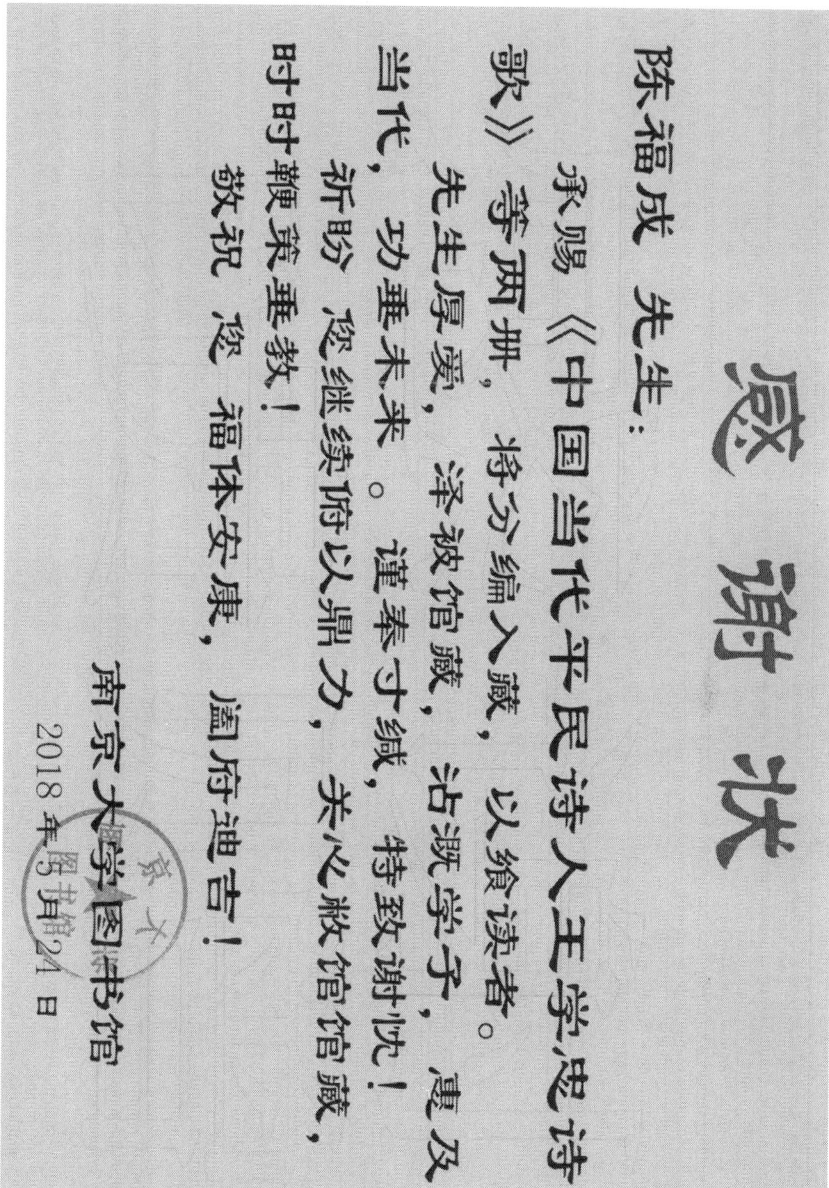

# 感谢状

陈福成 先生：

承赐《中国当代平民诗人王学忠诗歌》等两册，将分编入藏，以飨读者。先生厚爱，泽被馆藏，沾溉学子，惠及当代，功垂未来。谨奉寸缄，特致谢忱！祈盼 您继续惠以鼎力，关心敝馆馆藏，时时鞭策垂教！

敬祝 您 福体安康，阖府迪吉！

南京大学图书馆

2018年5月24日

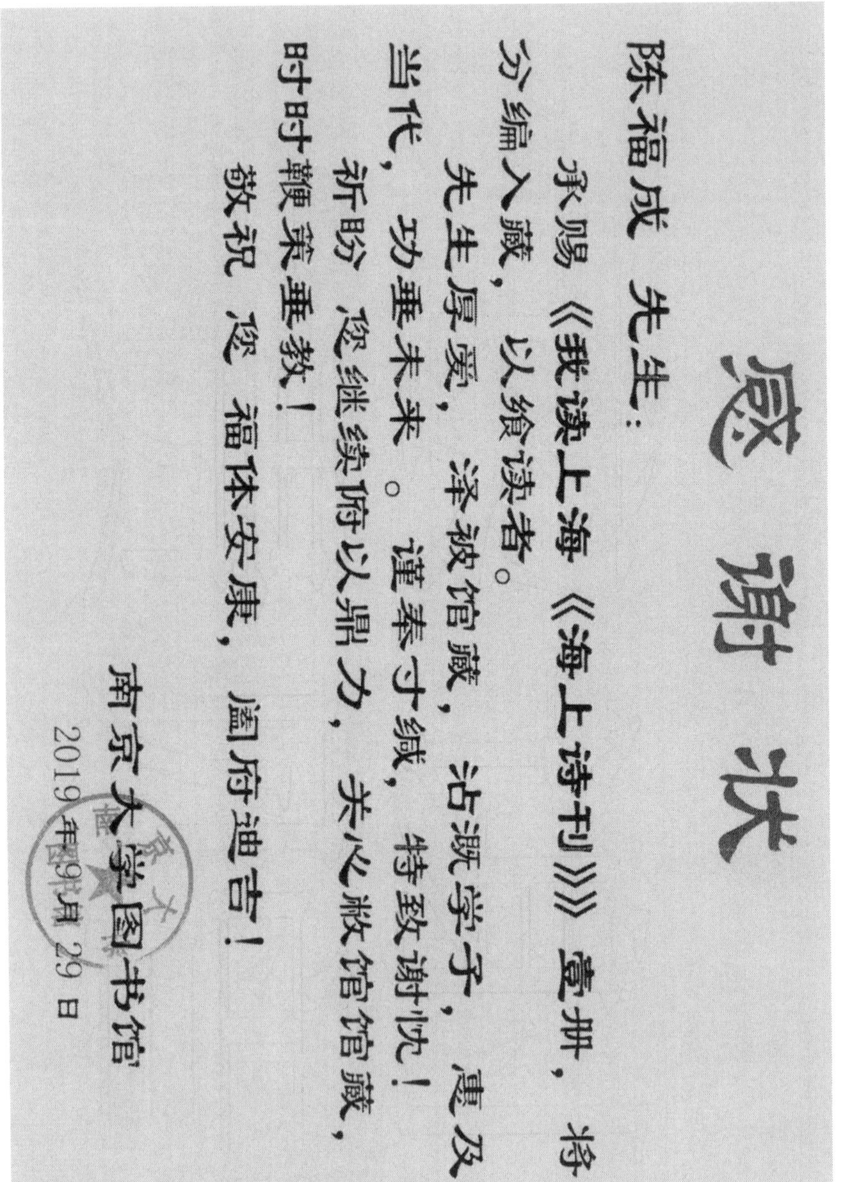

感谢状

陈福成 先生：

承赐《我读上海《海上诗刊》》壹册，将

分编入藏，以飨读者。

先生厚爱，泽被馆藏，沾溉学子，惠及

当代，功垂未来。谨奉寸缄，特致谢忱！

祈盼 继续俯以鼎力，关心敝馆馆藏，

时时鞭策垂教！

敬祝 福体安康，阖府迪吉！

南京大学图书馆

2019年9月29日

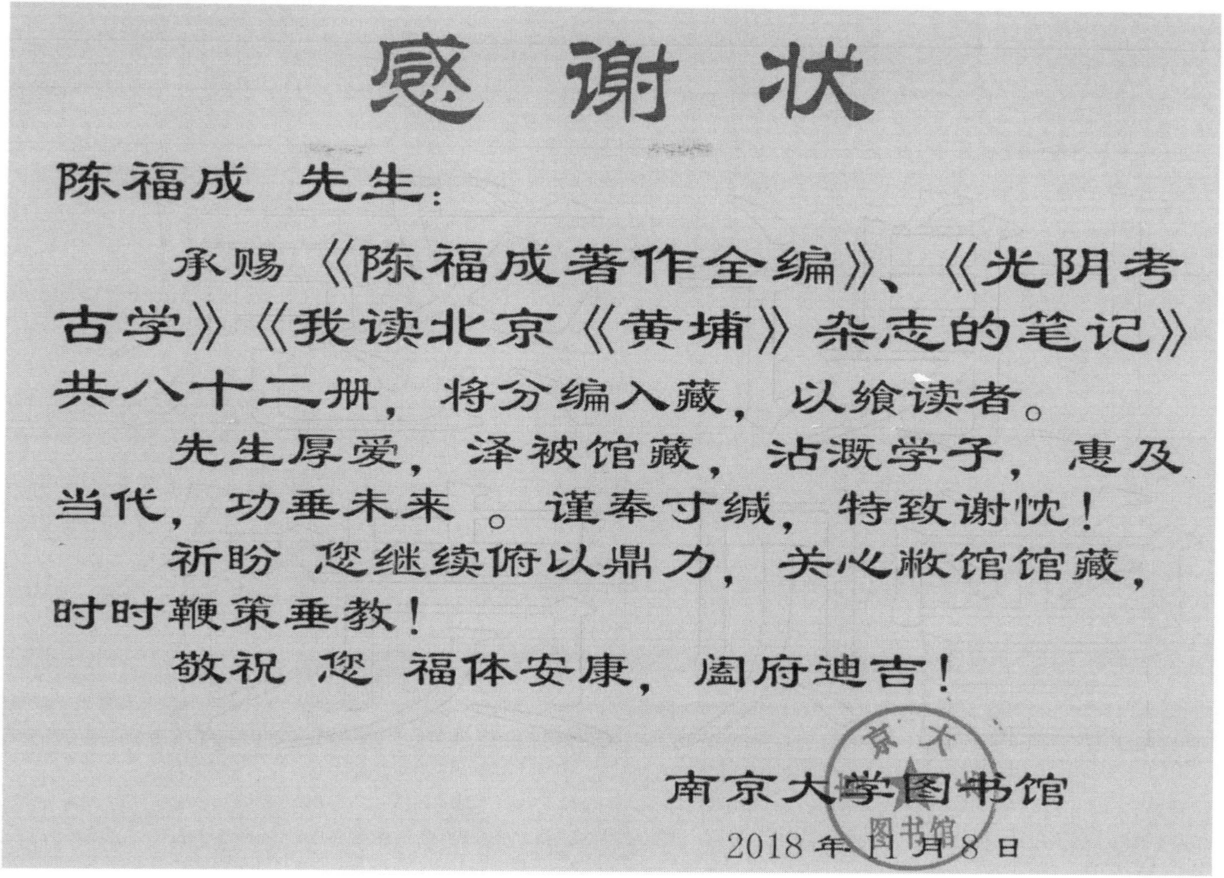

感谢状

陈福成 先生：

承赐《陈福成著作全编》、《光阴考古学》《我读北京《黄埔》杂志的笔记》共八十二册，将分编入藏，以飨读者。

先生厚爱，泽被馆藏，沾溉学子，惠及当代，功垂未来。谨奉寸缄，特致谢忱！

祈盼 您继续俯以鼎力，关心敝馆馆藏，时时鞭策垂教！

敬祝 您 福体安康，阖府迪吉！

南京大学图书馆

2018年11月8日

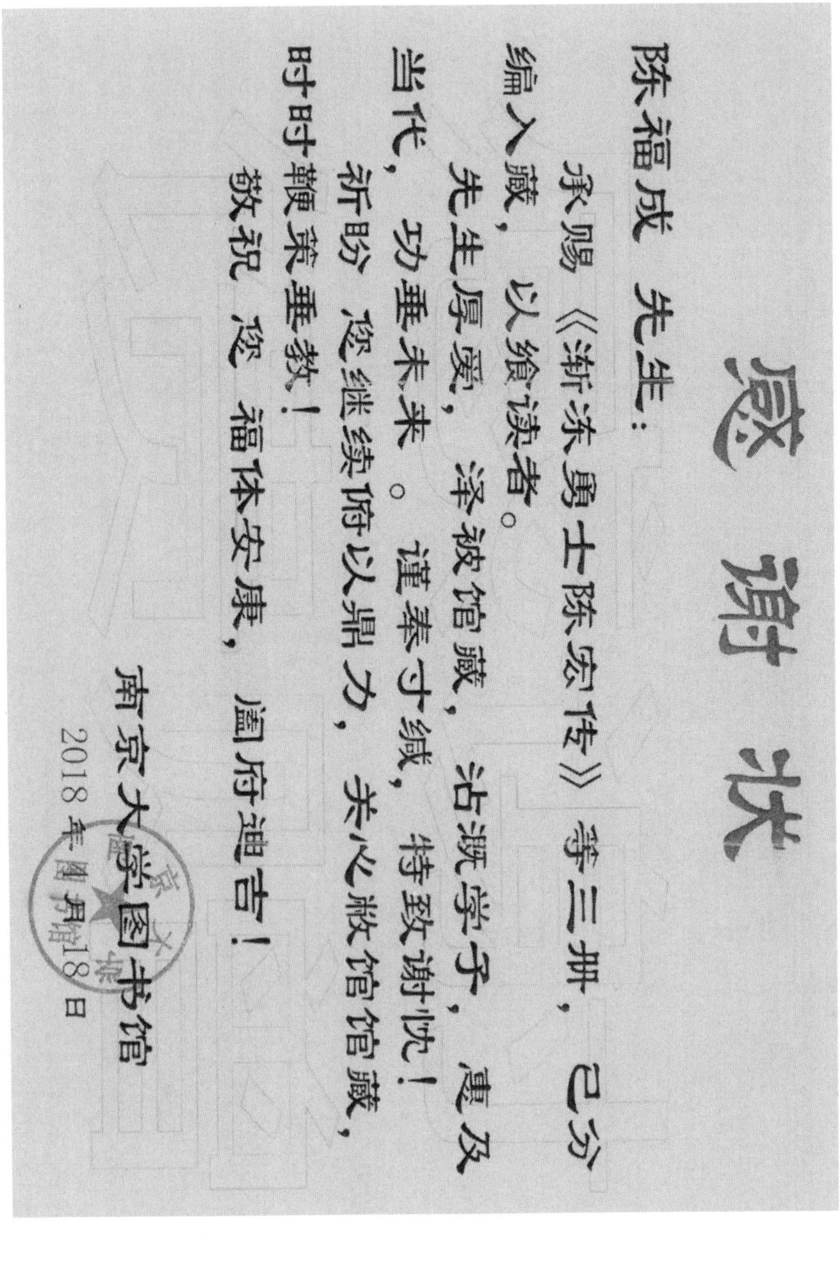

# 感谢状

陈福成 先生：

承赐《漸冻勇士陈宏传》等三册，已分编入藏，以飨读者。

先生厚爱，泽被馆藏，沾溉学子，惠及当代，功垂未来。谨奉寸缄，特致谢忱！

祈盼 您继续俯以鼎力，关心敝馆馆藏，时时鞭策垂教！

敬祝 您 福体安康，阖府迪吉！

南京大学图书馆

2018年1月18日

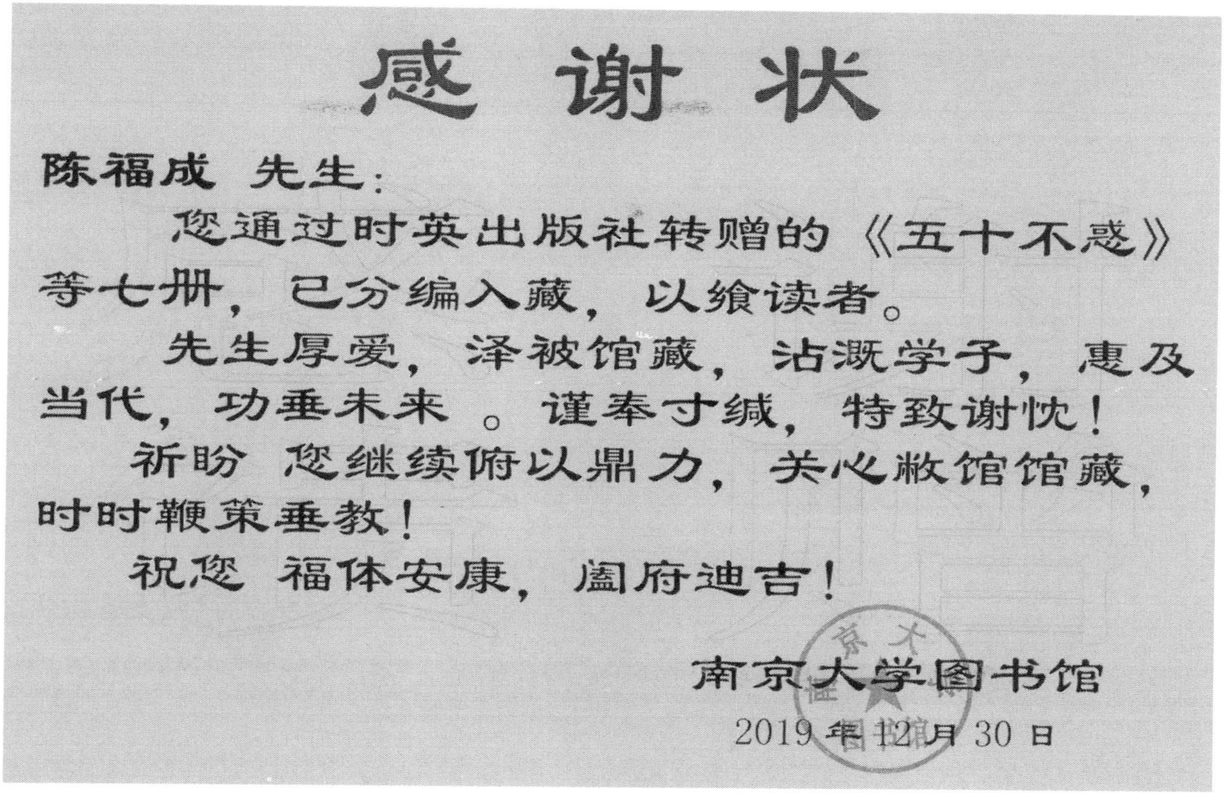

# 感谢状

陈福成 先生：

您通过时英出版社转赠的《五十不惑》等七册，已分编入藏，以飨读者。

先生厚爱，泽被馆藏，沾溉学子，惠及当代，功垂未来。谨奉寸缄，特致谢忱！

祈盼 您继续俯以鼎力，关心敝馆馆藏，时时鞭策垂教！

祝您 福体安康，阖府迪吉！

南京大学图书馆

2019 年 12 月 30 日

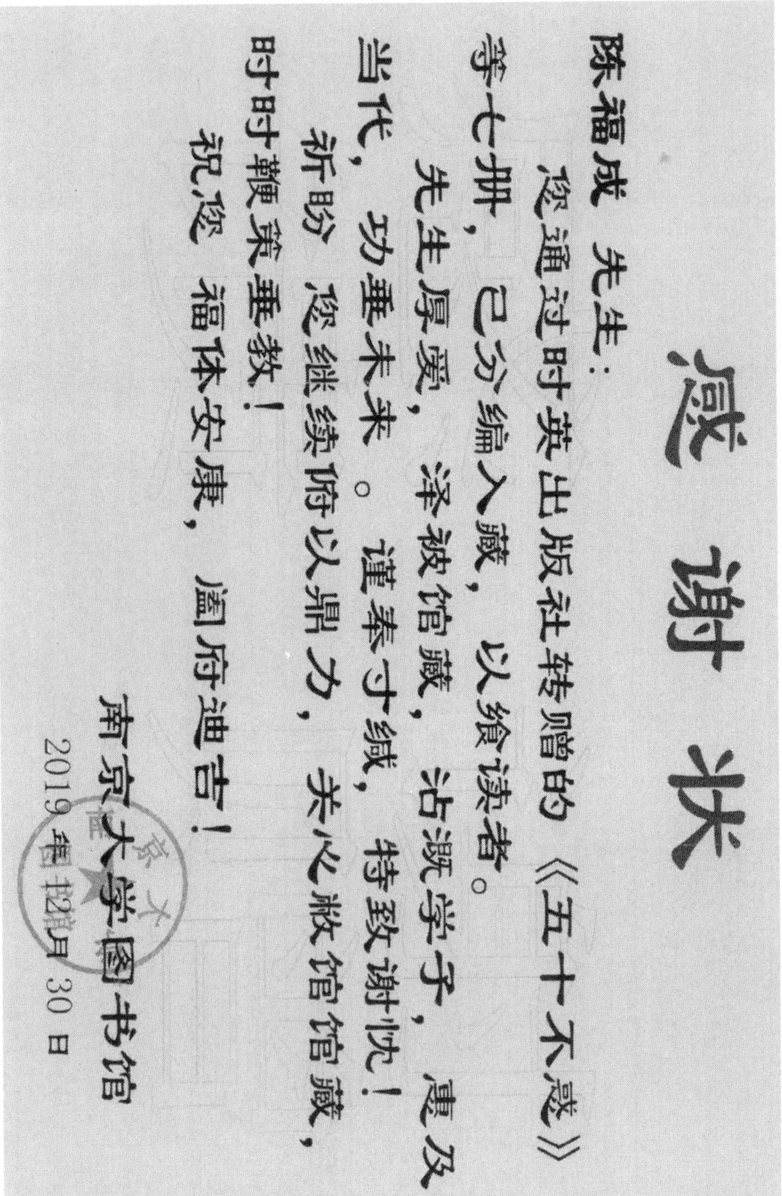

感谢状

陈福成 先生：

您通过时英出版社转赠的《五十不惑》等七册，已分编入藏，以飨读者。先生厚爱，泽被馆藏，沾溉学子，惠及当代，功垂未来。谨奉寸缄，特致谢忱！

祈盼您继续俯以鼎力，关心敝馆馆藏，时时鞭策垂教！

祝您 福体安康，　阖府迪吉！

南京大学图书馆

2019年12月30日

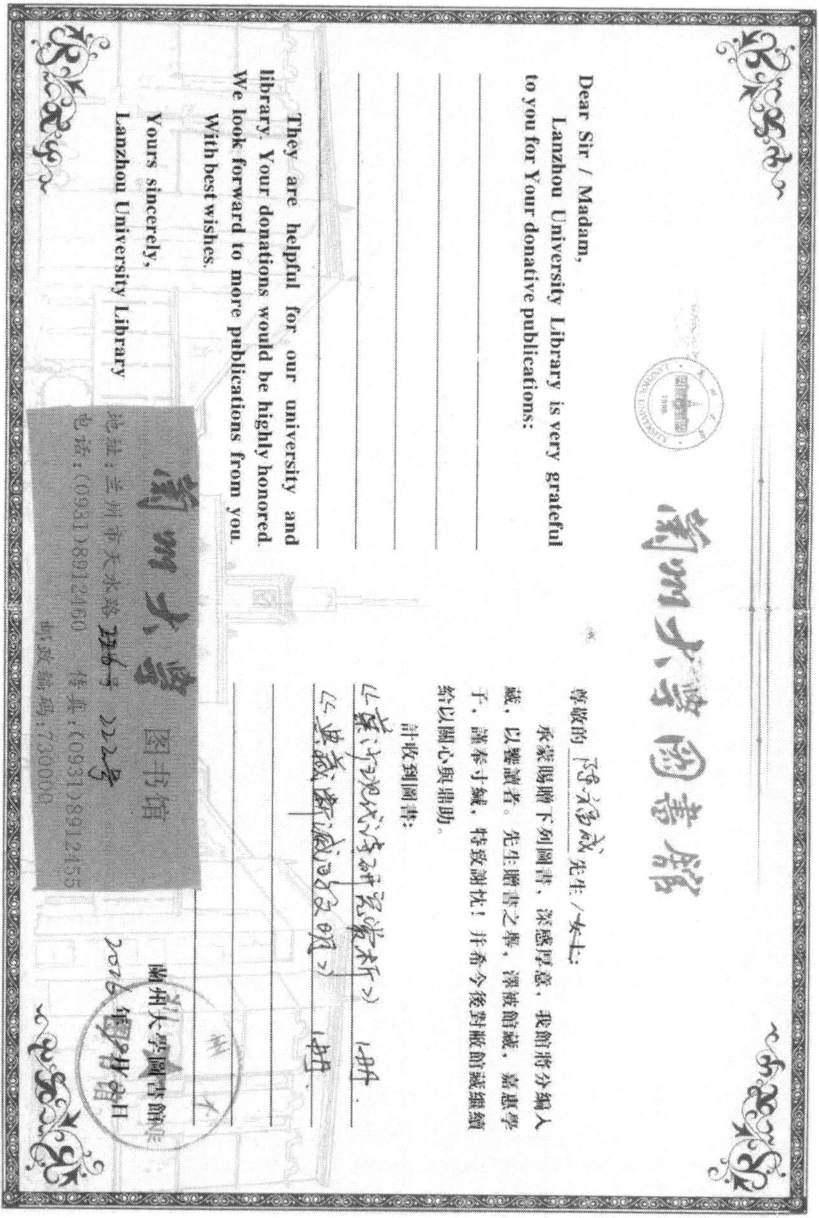

蘭州大學圖書館

Dear Sir / Madam,

Lanzhou University Library is very grateful to you for Your donative publications:

They are helpful for our university and library. Your donations would be highly honored. We look forward to more publications from you.

With best wishes.

Yours sincerely,

Lanzhou University Library

尊敬的 陳福成 先生／~~女士~~：

承蒙賜贈下列圖書，深感厚意，我館將分編入藏，以饗讀者。先生贈書之舉，澤被館藏，嘉惠學子，謹奉寸緘，特致謝忱！并希今後對敝館藏繼續給以關心與鼎助。

計收到圖書：

《葉莎現代詩研究賞析》 1冊

《典藏斷滅的文明》 1冊

蘭州大學圖書館

2016年9月[illegible]日

蘭州大學 图书馆

地址：兰州市天水路~~226号~~ 222号

电话：(0931)8912460 传真：(0931)8912455

邮政编码：730000

逕啟者：

頃承捐贈佳籍，播惠學林，化私爲公，至紉高誼。茲已拜收登錄，當即供衆閱覽。

謹肅蕪箋，藉申謝忱。此致

陳福成 先生/女士

復旦大學圖書館 敬啟

兹收到您的赠书清单

臺灣大學退休人員聯誼會會務通訊

（冊

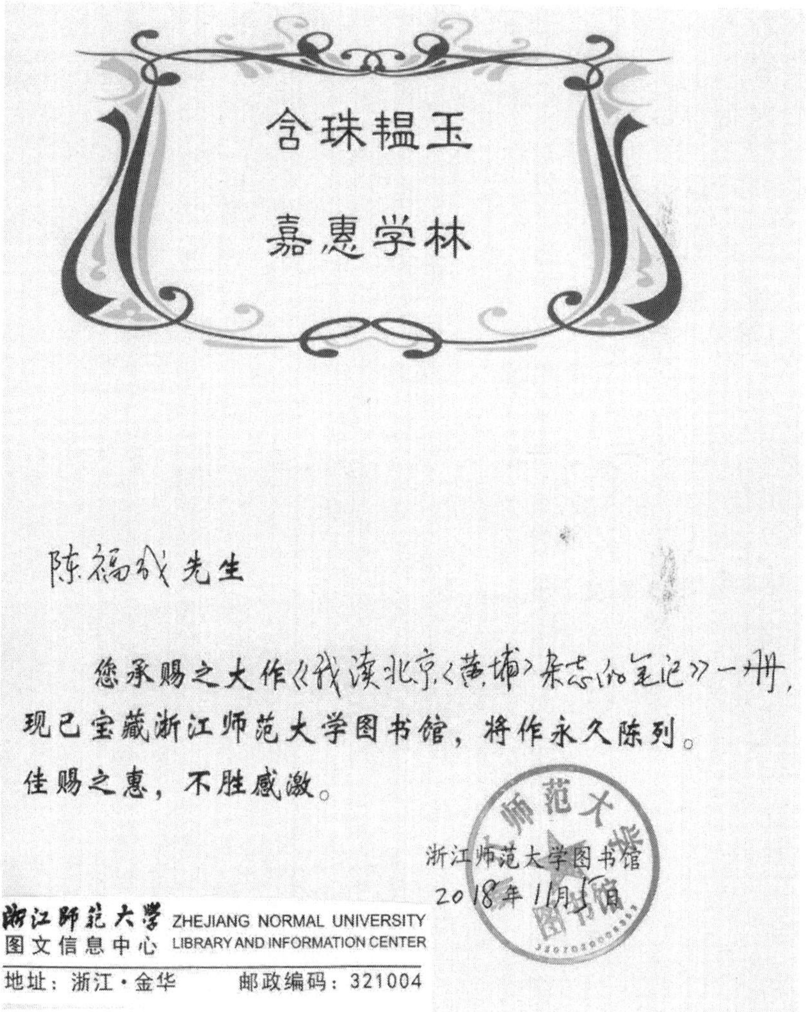

含珠韫玉

嘉惠学林

陈福成先生

您承赐之大作《我读北京〈黄埔〉杂志的笔记》一册，现已宝藏浙江师范大学图书馆，将作永久陈列。佳赐之惠，不胜感激。

浙江师范大学图书馆
2018年11月5日

浙江師範大學 ZHEJIANG NORMAL UNIVERSITY
图文信息中心 LIBRARY AND INFORMATION CENTER
地址：浙江·金华　邮政编码：321004

含珠韫玉

嘉惠学林

陈福成先生

您承赐之大作《光阴考古学—失落图象考古现代诗》一册，现已宝藏浙江师范大学图书馆，将作永久陈列。佳赐之惠，不胜感激。

浙江师范大学图书馆

2018年11月5日

陈福成 女士/先生 臺鑒：

惠贈《我与当代中国大学图书馆的因缘》等

二 種 二 册業已列入館藏。

對您嘉惠學林之舉，深表謝忱。

即頌

時綏

厦門大學圖書館館長：

二〇一七年 月 日

厦門大學圖書館

XIAMEN UNIVERSITY LIBRARIES

中国厦门思明南路422号 422 Siming South Road, Xiamen, Fujian, China

电话Tel:+86-592-2182360 传真Fax:+86-592-2182360 网址http://library.xmu.edu.cn

邮政编码：361005

陈福成 女士／先生 臺鑒：

惠贈《西藏断灭的文明》書

二 種 二 冊業已列入館藏。

對您嘉惠學林之舉，深表謝忱。

即頌

時綏

廈門大學圖書館館長：

年　月　日

陈福成女士先生臺鑒：

惠贈《光阴简史》等

二種 二冊業已列入館藏。

對您嘉惠學林之舉，深表謝忱。

即頌

時綏

厦門大學圖書館館長：

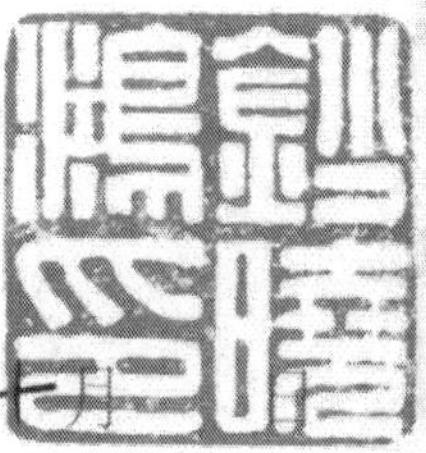

二〇一八年七月

陈福成 女士/先生 臺鑒：

惠贈《光門考古学》等

二 種 二 册業已列入館藏。

對您嘉惠學林之舉，深表謝忱。

即頌

時綏

廈門大學圖書館館長：

二〇一八年十一月

上海大学图书馆
Shanghai University Library

收藏证书

陳福成先生：

承蒙惠赐，所赠《我讀北京《黃埔》雜誌的筆記》等 二册，本馆馆藏得以丰富，我馆将及时付诸展阅奉献于读者。上海大学全体师生将因您的善举而受益良多，倍感嘉惠。

上海大学图书馆

馆长

2018年1月7日

上海大學圖書館

地址：上大路 99 号

邮政编码：200444

661345540

上海大学图书馆
Shanghai University Library

收藏证书

陳福成 先生：

承蒙惠赐，所赠《我與當代中國大學圖書館的因緣》壹二册，本馆馆藏得以丰富，我馆将及时付诸展阅奉献于读者。上海大学全体师生将因您的善举而受益良多，倍感嘉惠。

上海大学图书馆

馆长

2011年5月12日

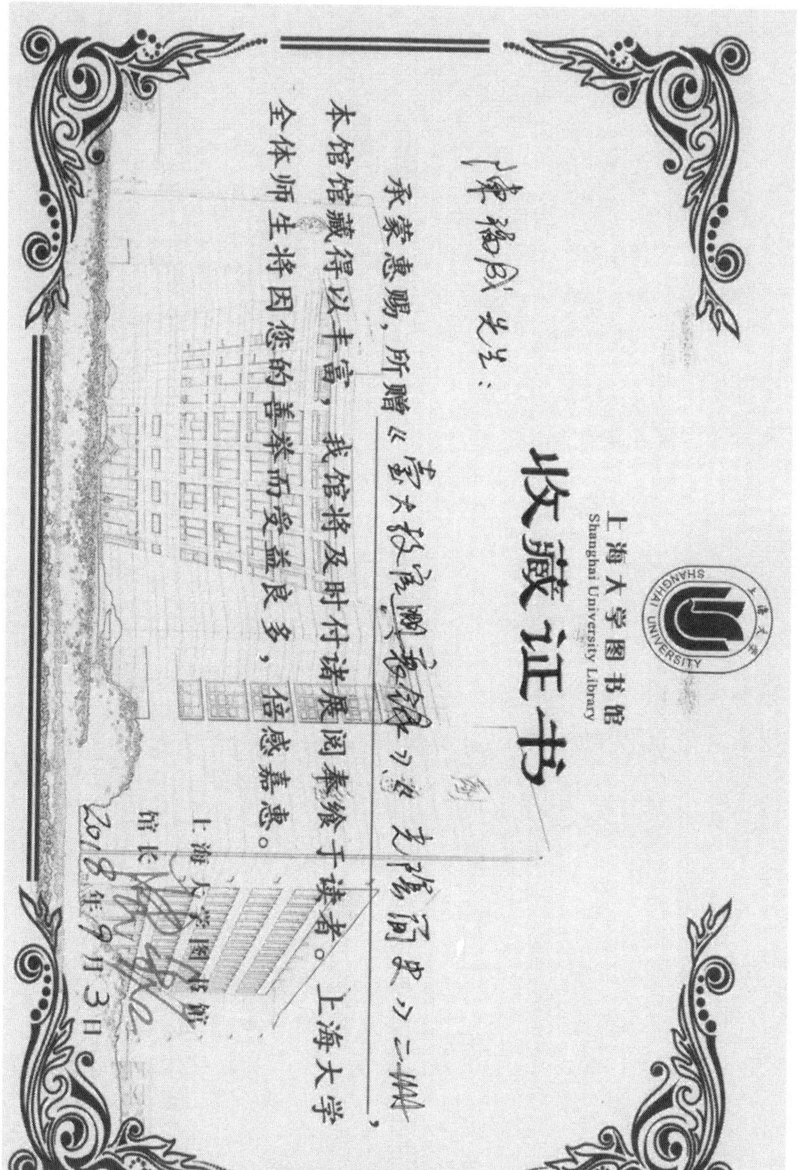
上海大学图书馆
Shanghai University Library
收藏证书
陈福康先生：
承蒙惠赠，所赠以 [illegible]，
本馆馆藏得以丰富，我馆将及时付诸展阅奉献于读者。上海大学
全体师生将因您的善举而受益良多，倍感嘉惠。
上海大学图书馆
馆长
2018年9月3日

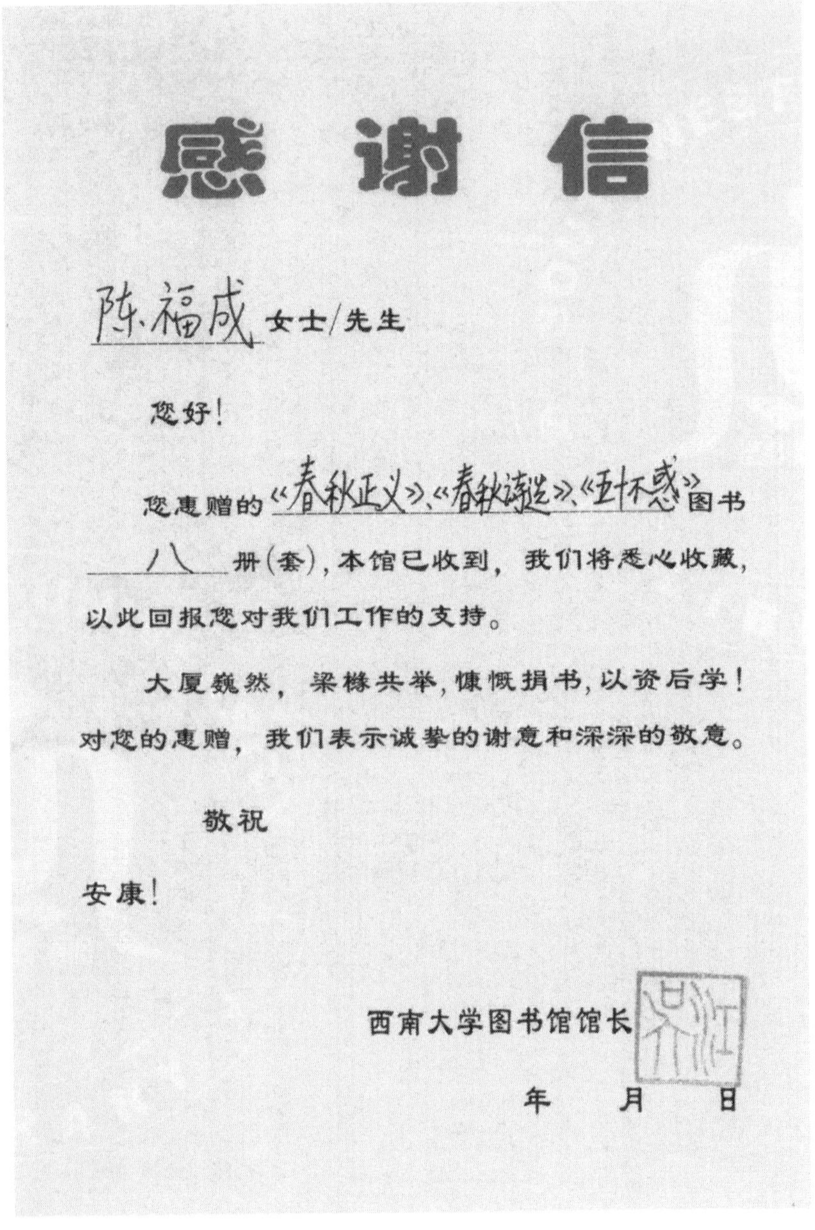

# 感谢信

陈福成 女士/先生

您好！

您惠赠的《春秋正义》、《春秋诗选》、《五十不惑》图书八册(套)，本馆已收到，我们将悉心收藏，以此回报您对我们工作的支持。

大厦巍然，梁椽共举，慷慨捐书，以资后学！对您的惠赠，我们表示诚挚的谢意和深深的敬意。

敬祝

安康！

西南大学图书馆馆长

年　月　日

敬谢

福州大学产业情报研究所

地址：福建省福州地区大学城学园路2号 电话：0591－22865318

http://www.lib.fzu.edu.cn

邮政编码：350108

陳福成 先生/女士

兹收到您所赠送的《典藏斷滅的文明、葉莎現代詩研究賞析》图书/期刊 期，谨此表示衷心感谢！谢谢您对福州大学图书馆藏书建设的支持和关心。

福州大学图书馆

2017年2月23日

敬谢

陳福成先生/女士

兹收到您所赠送的《大兵法家范蠡研究》等

图书/期刊　　期，谨此表示衷心感谢！谢谢

您对福州大学图书馆藏书建设的支持和关心。

福州大学图书馆

2016年9月13日

福州大学

广西民族大学图书馆

# 捐赠证书

陈福成先生

承蒙惠赠《中国全民民主统一北京、天津行》1种 1 册图书。所赠书籍，悉数收讫。深荷厚意，特发此证，以资谢旌。

此致

地址（ADD）：广西南宁市大学东路188号
电话（TEL）：0771-3260212
网址（HTTP）：www.gxun.edu.cn
邮政编码：530006

广西民族大学
Guangxi University For Nationalities

广西民族大学图书馆

2019 年 9 月 5 日

广西民族大学图书馆

捐贈榮譽証

陈福成 《台湾大学退休人员联谊会》

您捐赠的《我与当代中国大学的因缘》共 2 册

已被我馆收藏，衷心感谢您对我馆藏书建设的关心与支持。

特发此证，以示铭谢！

广西民族大学图书馆

2017年5月3日

# 广西民族大学图书馆

# 捐赠证书

陈福成

承蒙惠赠《我读〈北京〉黄埔东东的笔记》等 2 种 2 册图书。所赠书籍，悉数收讫。深荷厚意，特发此证，以资谢旌。

此致

广西民族大学图书馆

2018年 10 月 18 日

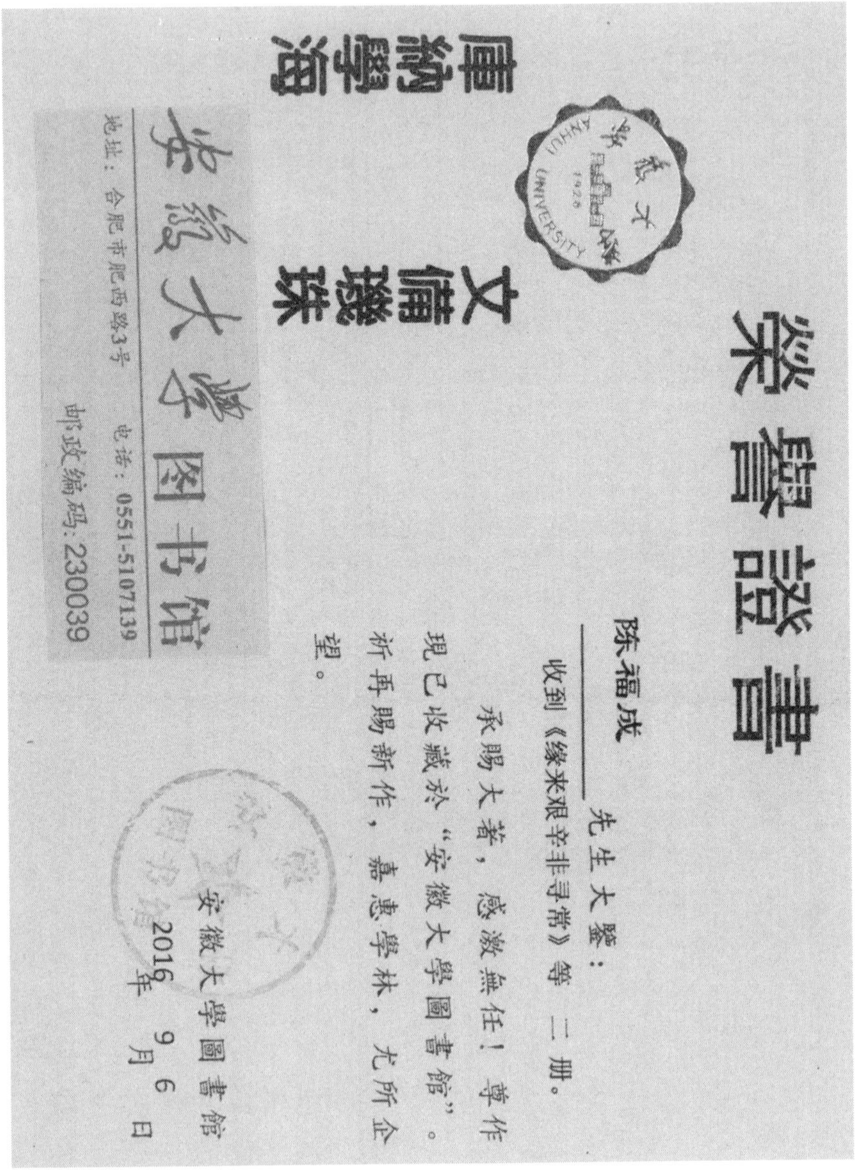

榮譽證書

陈福成　先生大鑒：

收到《缘来艰辛非寻常》等 二 册。

承賜大著，感激無任！尊作現已收藏於"安徽大學圖書館"。祈再賜新作，嘉惠學林，尤所企望。

安徽大學圖書館

2016年 9 月 6 日

庫納學海

文備璣珠

安徽大学图书馆

地址：合肥市肥西路3号　电话：0551-5107139

邮政编码：230039

山东大学
SHANDONG UNIVERSITY

山东大学图书馆
地址：济南市山大南路27号 电话：(0531) 88361918 88364902
(各分馆详细地址见信封背面)
邮政编码：250100

陈福成 先生钧鉴：

惠赠《典藏断天的文明》《葉莎现代诗研究赏析》贰 册已列架珍藏。对您泽被馆藏嘉益学子之举，深表谢意。

日后若蒙续赠，尚祈题款钤印，以资永久纪念。

专颂

台安

山东大学图书馆
馆长：

2016年10月24日

Dear Sir/Madam:

I am writing to acknowledge, with gratitude, your donation of books to the Shandong University Library. Your generosity is deeply appreciated.

We have completed in processing the books, and have made them available to our students and faculty for their research and teaching.

I hope that we will continue to benefit from your thoughtfulness and generosity in the future. And we would be delighted if you would be kind enough to inscribe them whenever you donate your own books to us.

With warmest regards.

Sincerely yours,

Director of the Shandong University Library

华侨大学图书馆

HUA QIAO UNIVERSITY LIBRARY

地址：中国·福建·泉州
邮编：362021
电话：0595-22691561
传真：0595-22691561

Add: Quanzhou, Fujian, China
Tel/ Fax: 0595-22691561
E-mail: libo@hqu.edu.cn

---

尊敬的：陈福成教授如晤

承蒙您对我馆的厚爱，惠赠图书《我与当代中国大学图书馆的因缘》等2册，谢谢！

您的惠赠丰富了我们的馆藏，我们将在您赠送图书的扉页上加盖"陈福成教授赠送"印章入藏流通，供读者借阅，分享您的恩惠。

谨此，我们代表全校师生向您致以最诚挚的敬意！

祝：身体健康，事业发达！

FROM:

姓 名：图书馆采编部

单 位：华侨大学图书馆

地 址：中国福建省泉州市丰泽区城华北路269号

邮 编：362021 CHINA

华侨大学图书馆

2017年5月12日

华侨大学图书馆

地址：中国 · 福建 · 泉州
邮编：362021
电话：0595-22691561
传真：0595-22691561

HUA QIAO UNIVERSITY LIBRARY

Add: Quanzhou, Fujian , China
Tel/ Fax: 0595-22691561
E-mail: libo@hqu.edu.cn

---

尊敬的：陈福成 先生如晤

承蒙您对我馆的厚爱，惠赠图书《壹网简史》《暇豫翻翻“扬子江”诗刊》二册，谢谢！

您的惠赠丰富了我们的馆藏，我们将在您赠送图书的扉页上加盖“陈福成先生 赠送”印章入藏流通，供读者借阅，分享您的恩惠。

谨此，我们代表全校师生向您致以最诚挚的敬意！

祝:身体健康，事业发达！



华侨大学图书馆

2018年 9月4 日

华侨大学图书馆

HUA QIAO UNIVERSITY LIBRARY

地址：中国 · 福建 · 泉州
邮编：362021
电话：0595-22691561
传真：0595-22691561

Add: Quanzhou, Fujian , China
Tel/ Fax: 0595-22691561
E-mail: libo@hqu.edu.cn

---

尊敬的：陈福成先生如晤

承蒙您对我馆的厚爱，惠赠图书《光阴考古学—失落图像考古现代诗》等二册，谢谢！

您的惠赠丰富了我们的馆藏，我们将在您赠送图书的扉页上加盖“陈福成先生赠送”印章入藏流通，供读者借阅，分享您的恩惠。

谨此，我们代表全校师生向您致以最诚挚的敬意！

祝:身体健康，事业发达！

华侨大学图书馆



2018年11月8日

中国政法大学图书馆 启功题
China University of Political Science and Law Library

# 捐赠证明

致国立台湾大学台大退休人员联谊会：

您好！

中国政法大学图书馆今收到国立台湾大学台大退休人员联谊会捐赠的《台湾大学退休人员联谊会会务通讯》共计 1 种 1 册。我校图书馆非常感谢贵联谊会的捐赠，将尽快按照我馆入藏规定筛选后编目上架供我校师生借阅。

此致

敬礼

中国政法大学图书馆

2016 年 11 月 02 日

捐赠地址：北京市海淀区西土城路 25 号
中国政法大学图书馆文献资源部
邮编：100088
捐赠联系人：张馨文 馆员
电话：010-58908308
Email: xinwenoys@cupl.edu.cn

中国政法大學图书馆　启功题
China University of Political Science and Law Library

# 捐贈證明

致陳福成先生：

您好！

中國政法大學圖書館今收到陳福成先生捐贈的《葉莎現代詩研究賞析》等共計 4 種 4 冊。我校圖書館非常感謝您的捐贈，將儘快按照我館入藏規定篩選後編目上架供我校師生借閱。

此致

敬禮

中國政法大學圖書館

2016 年 11 月 02 日

捐贈地址：北京市海澱區西土城路 25 號
中國政法大學圖書館文獻資源部
郵編：100088
捐贈連絡人：張馨文　館員
電話：010-58908308
Email: xinwenoys@cupl.edu.cn

中國政法大學圖書館　China University of Political Science and Law Library

# 捐贈證明

致陳福成先生：

您好！

中國政法大學圖書館今收到陳福成先生捐贈的圖書《我與當代中國大學圖書館的因緣》共計 2 種 2 冊。我校圖書館非常感謝您的捐贈，將儘快按照我館入藏規定篩選後編目上架供我校師生借閱。

此致

敬禮

中國政法大學圖書館

2017 年 05 月 05 日

捐贈地址：北京市海澱區西土城路 25 號
中國政法大學圖書館文獻資源部
郵編：100088
捐贈連絡人：張馨文　館員
電話：010-58908308
Email: xinwenoys@cupl.edu.cn

中国政法大学图书馆　启功题
China University of Political Science and Law Library

# 捐贈證明

致 陳福成 先生/女士：

您好！

中國政法大學圖書館今收到 陳福成 先生/女士捐贈的圖書《光陰簡史》等共計 2 種 2 冊。我校圖書館非常感謝您的捐贈，將儘快按照我館入藏規定篩選後編目上架供我校師生借閱。

此致

敬禮

中國政法大學圖書館

2018 年 09 月 07 日



捐贈地址：北京市海澱區西土城路 25 號
中國政法大學圖書館文獻資源部
郵編：100088
捐贈連絡人：張馨文　館員
電話：010-58908308
Email: xinwenoys@cupl.edu.cn

中国政法大學图书馆　启功题

China University of Political Science and Law Library

# 捐贈證明

致陳福成先生：

您好！

中國政法大學圖書館今收到陳福成先生捐贈的圖書《我讀北京<黃埔>雜誌的筆記》等共計 2 種 2 冊。我校圖書館非常感謝您的捐贈，將儘快按照我館入藏規定篩選後編目上架供我校師生借閱。

此致

敬禮

中國政法大學圖書館

2018 年 11 月 06 日

捐贈地址：北京市海澱區西土城路 25 號

中國政法大學圖書館文獻資源部

郵編：100088

捐贈連絡人：張馨文　館員

電話：010-58908308

Email:　xinwenoys@cupl.edu.cn

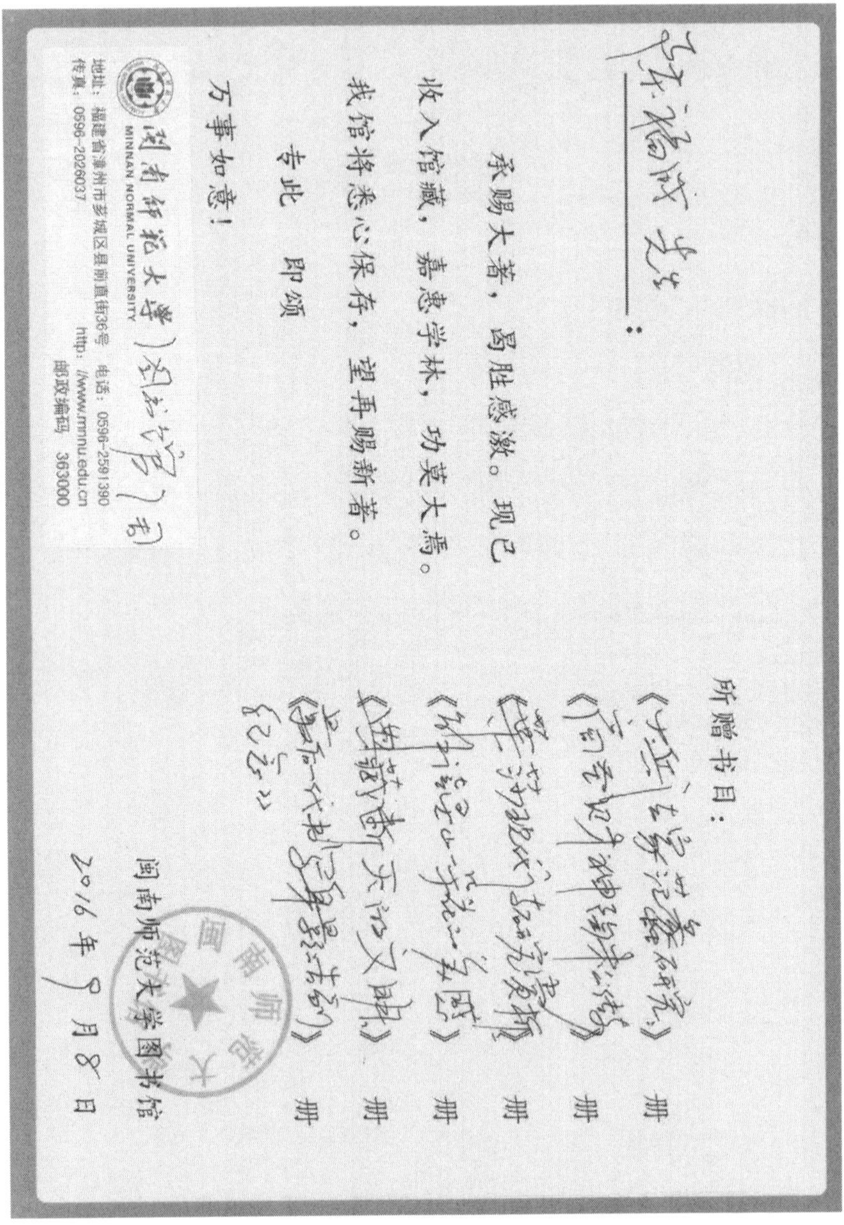

陈福成先生：

承赐大著，曷胜感激。现已收入馆藏，嘉惠学林，功莫大焉。我馆将悉心保存，望再赐新著。

专此　即颂

万事如意！

闽南师范大学图书馆

2016年9月8日

所赠书目：

《大兵法家范蠡研究》　册

《商圣财神陶朱公传奇》　册

《叶莎现代诗研究赏析》　册

《[illegible]》　册

《典藏断灭的文明》　册

《最后一代书写身影的告别纪念》　册

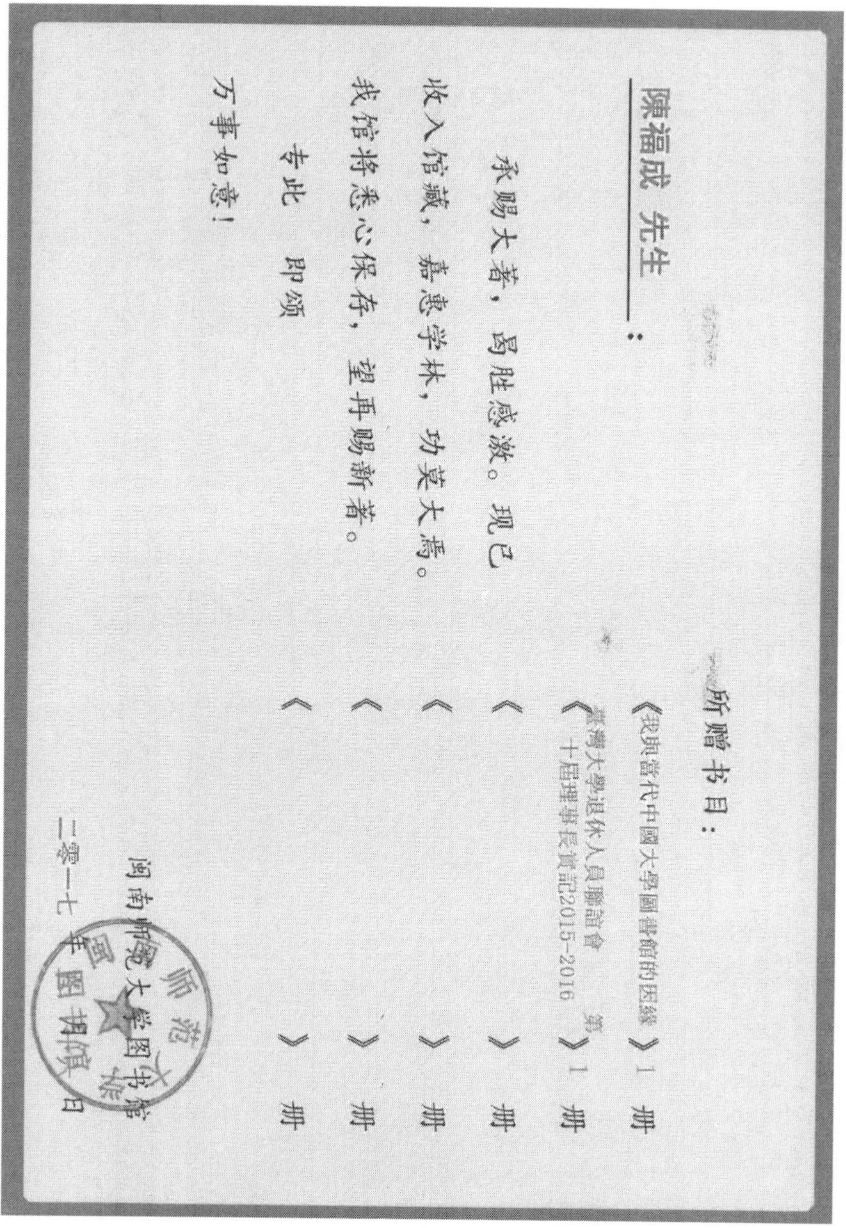

陳福成 先生：

承赐大著，曷胜感激。现已收入馆藏，嘉惠学林，功莫大焉。我馆将悉心保存，望再赐新著。

专此　即颂

万事如意！

所赠书目：

《我與當代中國大學圖書館的因緣》1 册

《臺灣大學退休人員聯誼會第十屆理事長實記2015-2016》1 册

《　》册

《　》册

《　》册

《　》册

闽南师范大学图书馆

二零一七 年 月 日

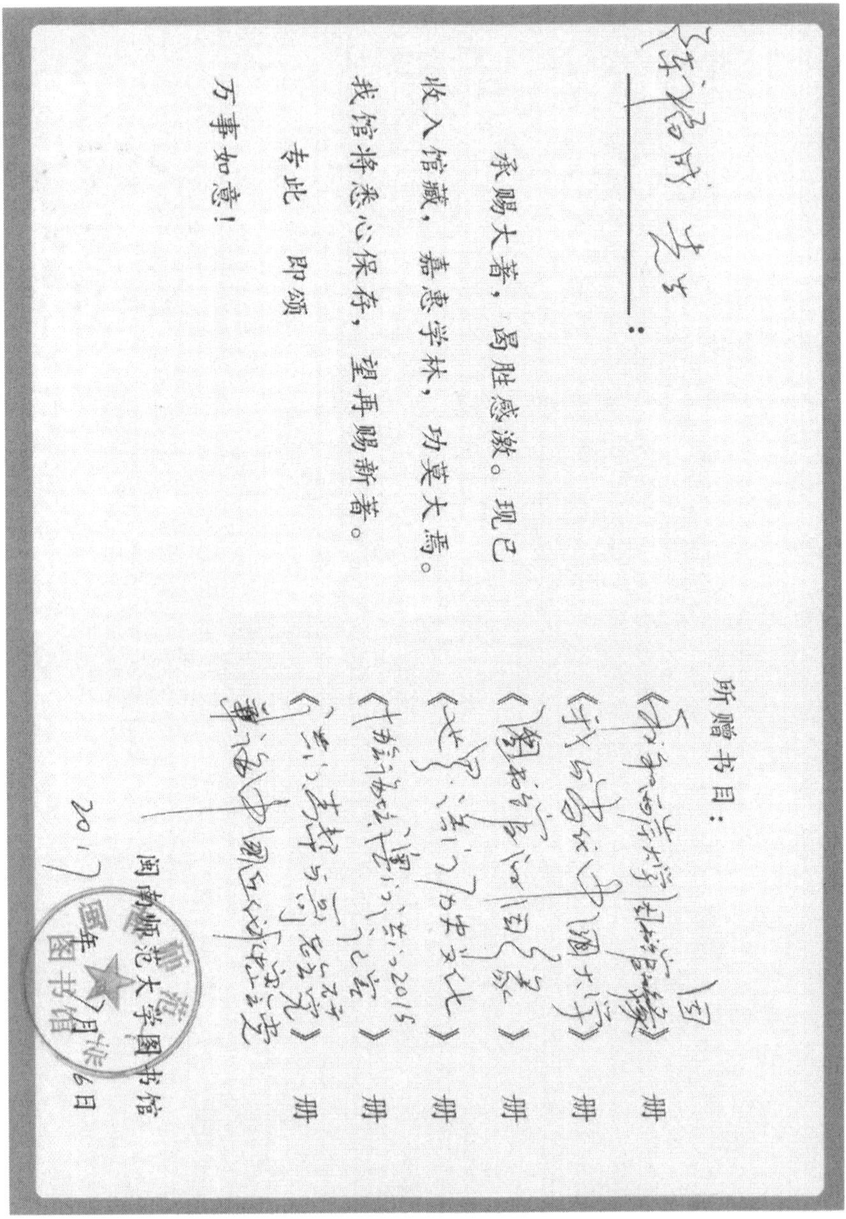

先生：

承赐大著，曷胜感激。现已收入馆藏，嘉惠学林，功莫大焉。我馆将悉心保存，望再赐新著。

专此　即颂

万事如意！

所赠书目：

《　》册

《　》册

《　》册

《　》册

《　》册

《　》册

闽南师范大学图书馆

2017　年　月　6日

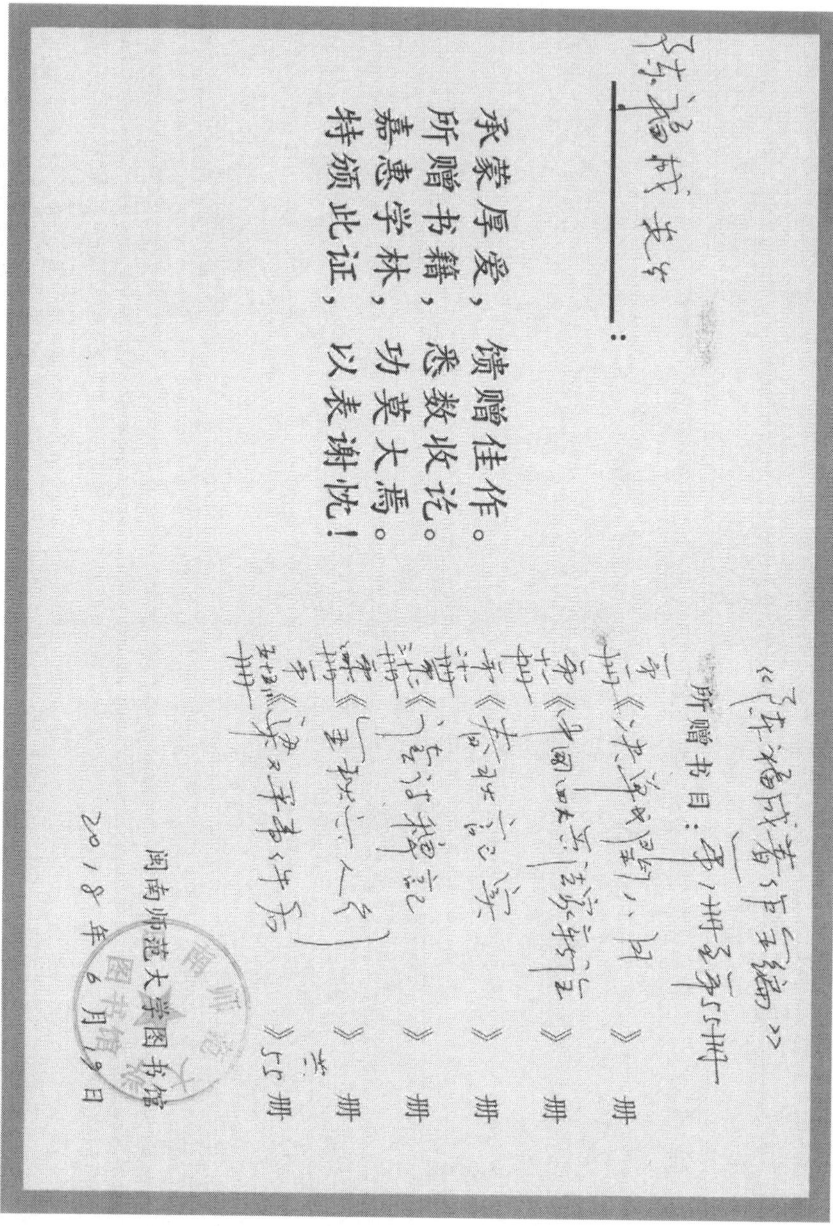

陈福成 先生：

承蒙厚爱，馈赠佳作。
所赠书籍，悉数收讫。
嘉惠学林，功莫大焉。
特颁此证，以表谢忱！

《陈福成著作全编》
所赠书目：第1册至第55册
第一册《决战闰八月》册
第十一册《中国四大兵法家新诠》册
第十七册《春秋记实》册
第三十二册《读诗稗记》册
第四十五册《金秋六人行》册
第五十五册《梁又平事件后》共55册

闽南师范大学图书馆
2018年6月19日

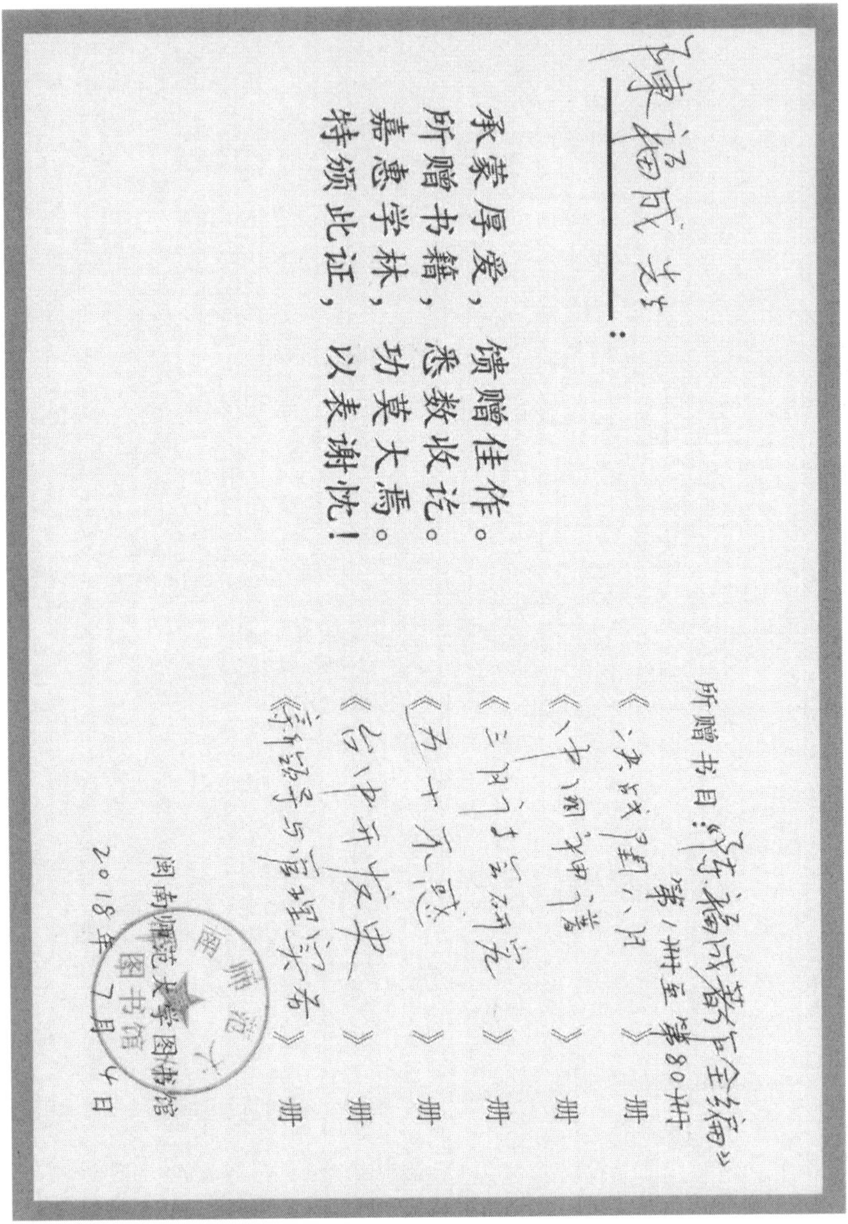
陳福成先生：

承蒙厚爱，馈赠佳作。
所赠书籍，悉数收讫。
嘉惠学林，功莫大焉。
特颁此证，以表谢忱！

所赠书目：《陳福成著作全編》第1冊至第80冊 冊
《決戰閏八月》冊
《中國神譜》冊
《三月詩會研究》冊
《五十不惑》冊
《台中開發史》冊
《[illegible]》冊

闽南师范大学图书馆
2018年7月4日

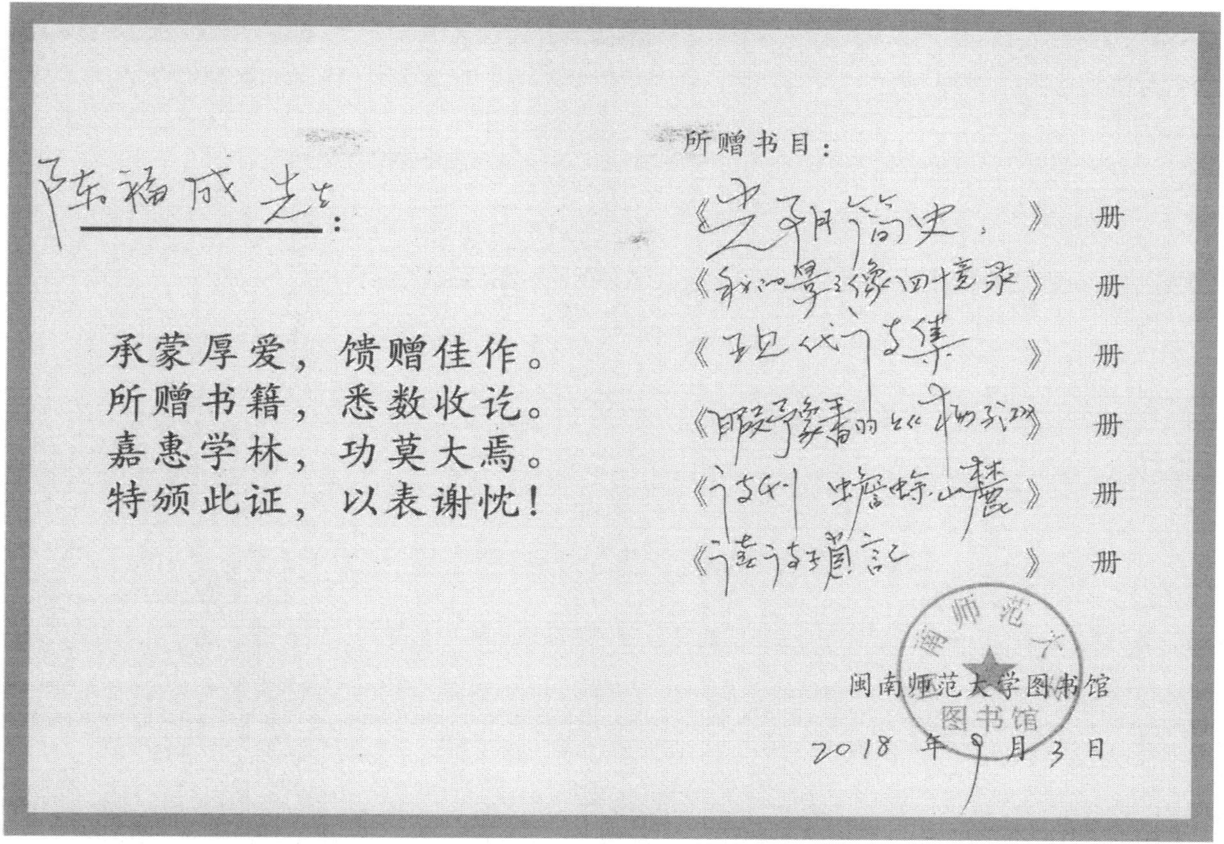

陈福成先生：

承蒙厚爱，馈赠佳作。
所赠书籍，悉数收讫。
嘉惠学林，功莫大焉。
特颁此证，以表谢忱！

所赠书目：

《[illegible]簡史》 册
《我[illegible]回憶录》 册
《[illegible]代詩集》 册
《那些年我們[illegible]》 册
《詩[illegible]蟾蜍山麓》 册
《讀詩稗記》 册

闽南师范大学图书馆
2018 年 9 月 3 日

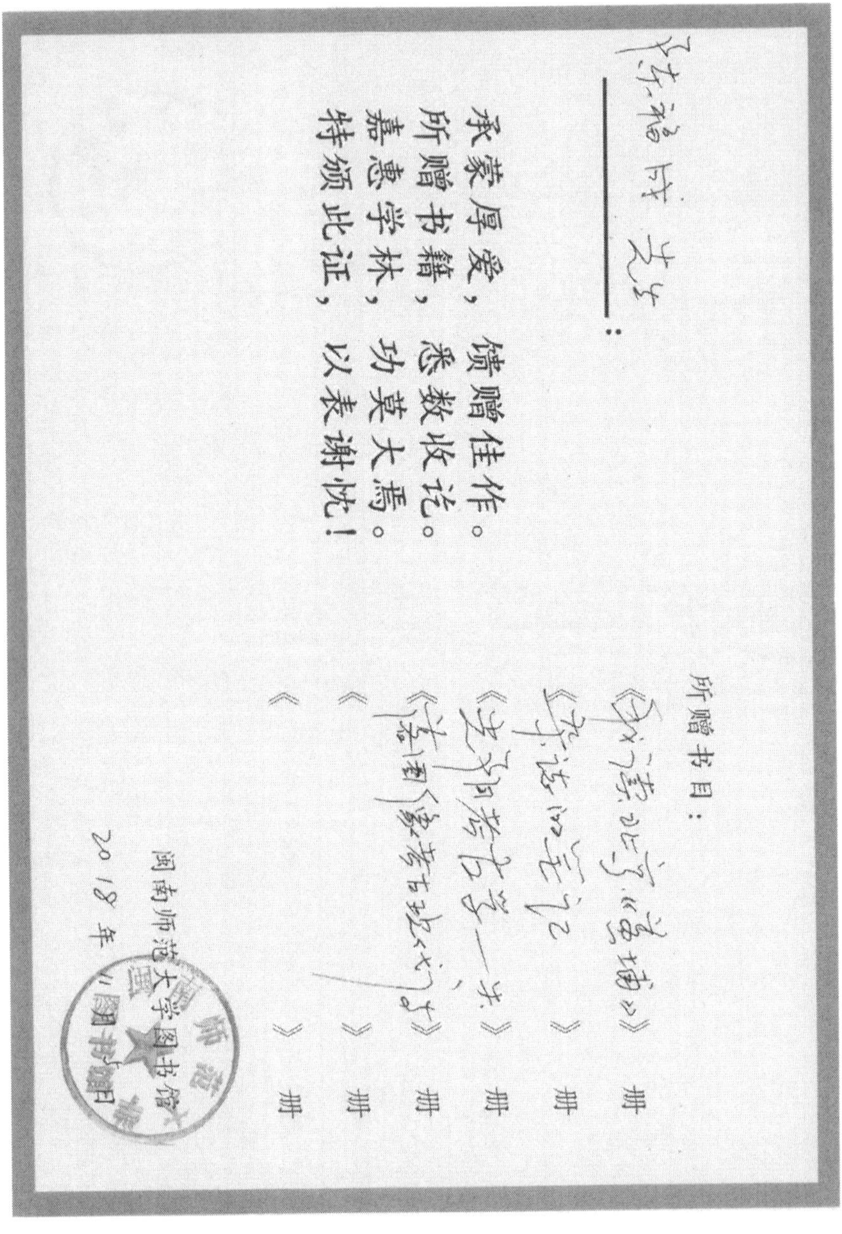
陈福康先生：

承蒙厚爱，馈赠佳作。
所赠书籍，悉数收讫。
嘉惠学林，功莫大焉。
特颁此证，以表谢忱！

所赠书目：

《[illegible]》 册
《[illegible]》 册
《[illegible]》 册
《[illegible]》 册
《　　》 册
《　　》 册

闽南师范大学图书馆
2018 年 11

漳州师范学院图书馆

陈先生：

您好！

非常感谢多次送书给我馆。如可能，今后赠书最好二本以上，地址请写 363000 福建 漳州市 闽南师范大学图书馆办公室 周敏瑾 收。

敬

礼！

周敏瑾 上

2016.10.28

# 闽南师范大学

陈先生：您好！

《我与……图书馆的因缘》生动地再现了两岸文化互动，国内有图书馆图文，敬请多送五本为上。

因我处之漳州地，盛传与"洪门"有关，做为研究资料备考，请先生将相关"洪门"的大著赠送。

先生是位雷峰式的老兵，侠客样的文人：到处热心送书；大陆学子望探先生神奇多彩的人生，还请赠送作品一读，三思……

美好的人生
自己创造

敬礼

漳州 [illegible] 上
2017.5.18

福成大哥：您好！

我们闫敏瑾職員十分感谢先生赠送了两箱"陈福成著作全編：1—55卷"共55本。

陶朱公活動的太湖边"中国宜兴陶瓷博物馆"地址为：江苏省宜兴市丁蜀镇丁山北路150号，电话：0510—87188255

先生娘家的老家闫宅现为厦门管，离我校仅九十公里。厦门市图书馆读者众多，国内先进，先生著作全编可赠存此：娘亲祖籍地。

先生著作全编第56卷之后最好寄到我校，7月5日放假前寄达，记录新作也请多赠送几本。

福乐、快乐。

漳州闽南师大图书馆

职员　闫敏瑾敬上

2018.6.19

陈先生：早上好！

第三箱书收到几天了，先生80册大著全收阅。

先生的编写方法很新，厚重密地反映了一批台湾人精神风貌，人生追求。

我们学校正在招兵买马，特别欢迎台湾的博士前来任教。

不知先生平常是喝阿里山的大杯茶？还是喝祖宗祖地的功夫茶？

台湾玉山顶上的积雪是永久冻的吗？

心情精神爽

许拙 白敏瑾敬上
2018.7.4.

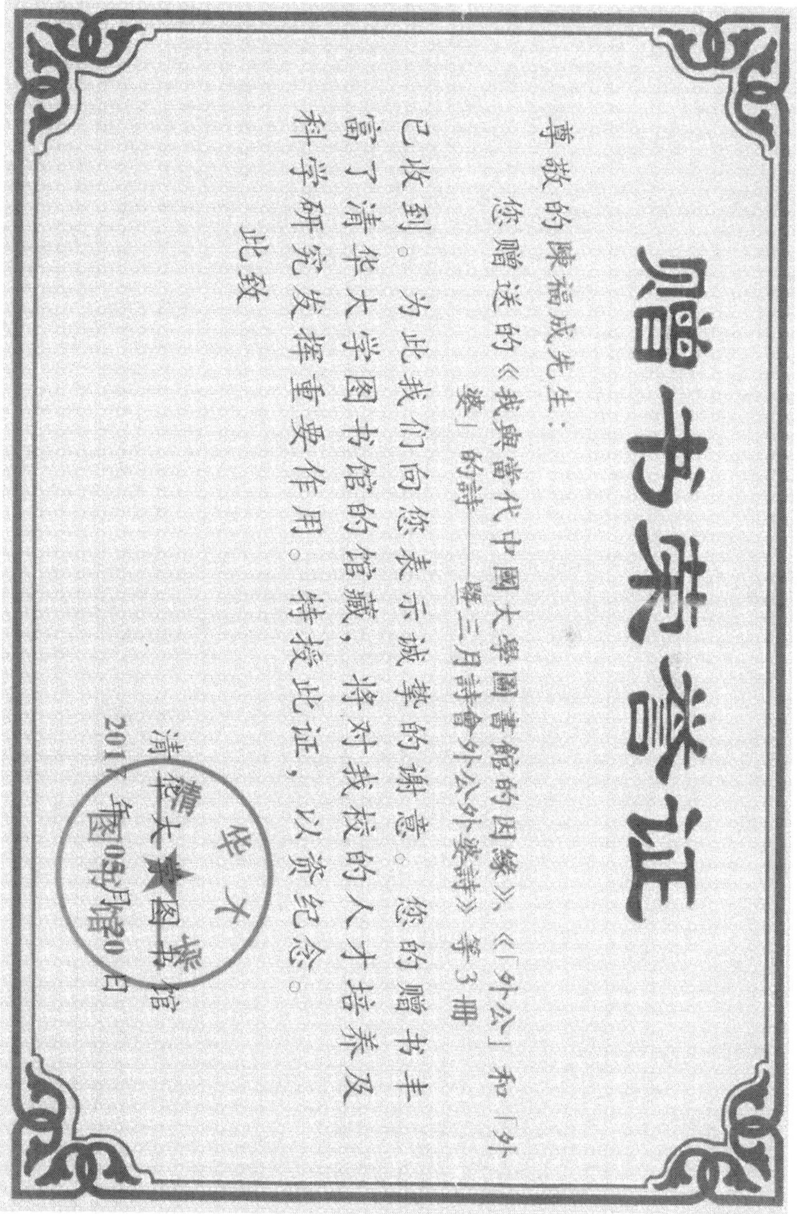

赠书荣誉证

尊敬的陳福成先生：

您赠送的《我與當代中國大學圖書館的因緣》、《「外公」和「外婆」的詩——暨三月詩會外公外婆詩》等3冊已收到。为此我们向您表示诚挚的谢意。您的赠书丰富了清华大学图书馆的馆藏，将对我校的人才培养及科学研究发挥重要作用。特授此证，以资纪念。

此致

清华大学图书馆

2017年05月20日

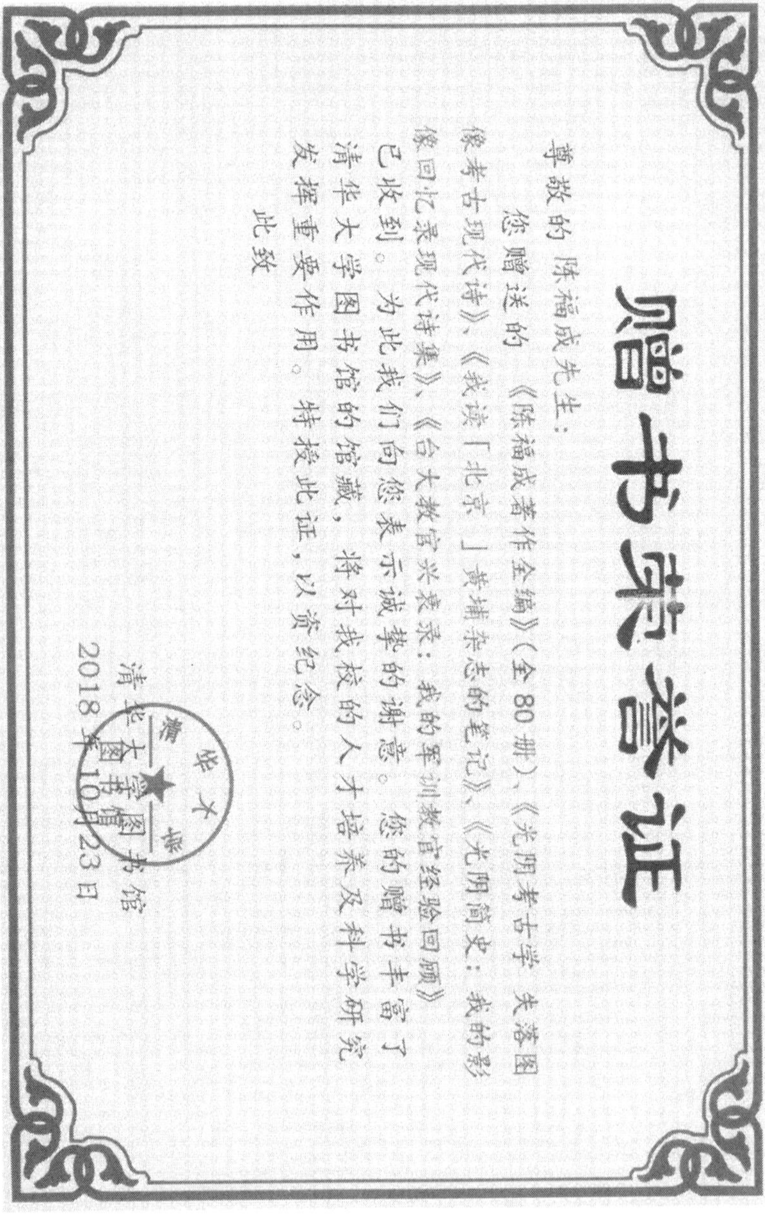

赠书荣誉证

尊敬的 陈福成先生：

您赠送的《陈福成著作全编》（全80册）、《光阴考古学 失落图像考古现代诗》、《我读「北京」黄埔杂志的笔记》、《光阴简史：我的影像回忆录现代诗集》、《台大教官兴衰录：我的军训教官经验回顾》已收到。为此我们向您表示诚挚的谢意。您的赠书丰富了清华大学图书馆的馆藏，将对我校的人才培养及科学研究发挥重要作用。特授此证，以资纪念。

此致

清华大学图书馆

2018年10月23日

# 輯 二 台灣地區大學圖書館

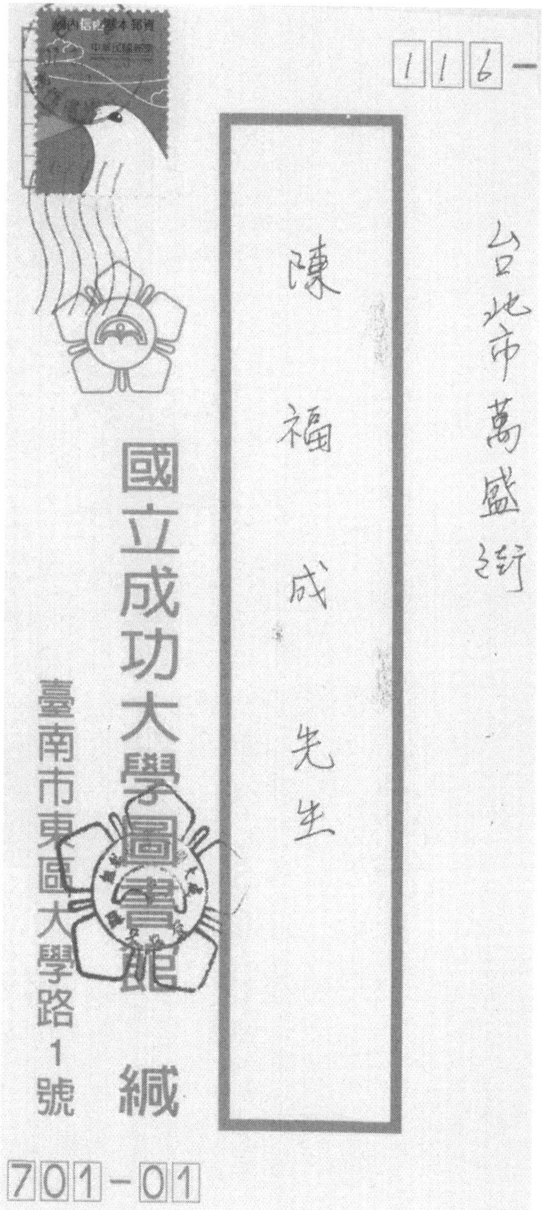

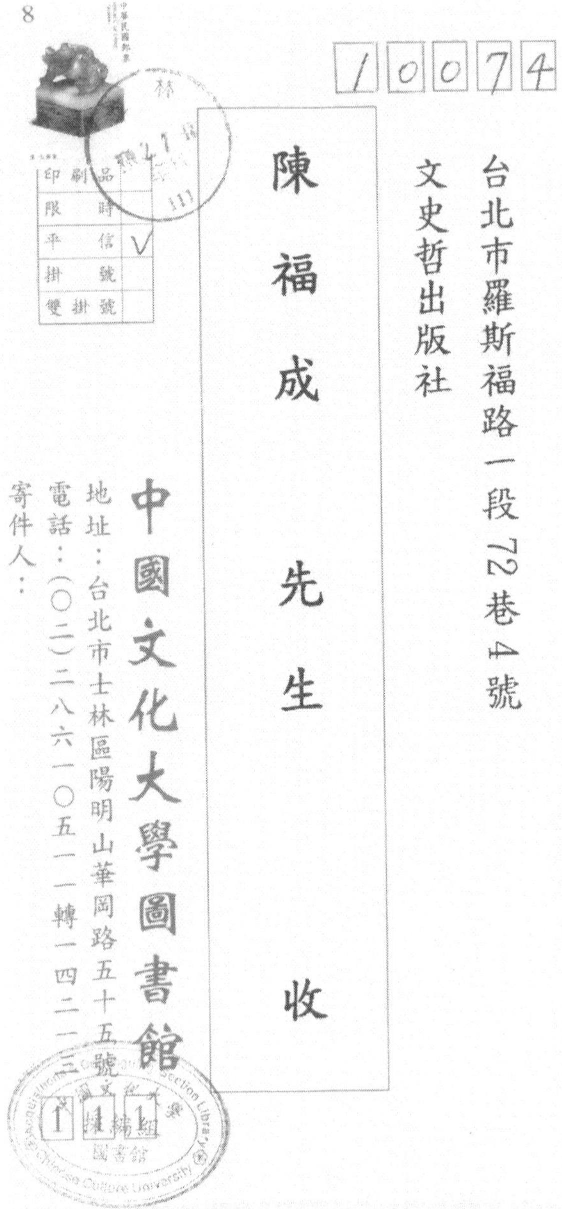
10074

台北市羅斯福路一段72巷4號

文史哲出版社

陳福成　先生　收

中國文化大學圖書館

地址：台北市士林區陽明山華岡路五十五號

電話：(〇二)二八六一〇五一一轉一四二一三

寄件人：

| | |
|---|---|
| 印刷品 | |
| 限時 | |
| 平信 | ✓ |
| 掛號 | |
| 雙掛號 | |

111

國 立 臺 灣 大 學 圖 書 館

**NATIONAL TAIWAN UNIVERSITY LIBRARY**

臺北市 10617 大安區羅斯福路四段一號

1, Section 4, Roosevelt Road, Taipei, Taiwan 10617, R.O.C.

# 感謝 贈書人
# 惠贈書籍

國立臺灣大學圖書館採訪編目組

2018 年

國立屏東大學圖書館 National Pingtung University Library

No.4-18 Minsheng Rd., Pingtung City, Pingtung County 90003, Taiwan (R.O.C.)
90003 屏東市民生路 4-18 號　電話：08-7663800　傳真：08-7235352

陳福成 君 惠鑒： 頃承

惠贈佳籍，至紉高誼。

業經拜收登錄，並將編目珍藏，供本校師生參覽。

謹肅蕪箋，藉申謝忱。

耑此　　敬頌

安　　祺



國立屏東大學圖書館　敬啟

107 年 3 月 9 日

計收：「漸凍勇士陳宏傳：他和劉學慧的傳奇故事」等書 2 冊

國立屏東大學圖書館 Library
National Pingtung University

No.4-18 Minsheng Rd., Pingtung City, Pingtung County 90003, Taiwan (R.O.C.)
90003 屏東市民生路 4-18 號　電話：08-7663800　傳真：08-7235352

陳福成 君 惠鑒： 頃承

惠贈佳籍，至紉高誼。

業經拜收登錄，並將編目珍藏，供本校師生參覽。

謹肅蕪箋，藉申謝忱。

耑此　　敬頌

安　　祺



國立屏東大學圖書館　敬啟

107 年 7 月 10 日

計收：「范蠡致富研究與學習 ： 商聖財神之實務與操作」書 1 冊

國立屏東大學圖書館 Library
National Pingtung University

No.4-18 Minsheng Rd., Pingtung City, Pingtung County 90003, Taiwan (R.O.C.)
90003 屏東市民生路 4-18 號 電話：08-7663800 傳真：08-7235352

陳福成 君 惠鑒： 頃承

惠贈佳籍，至紉高誼。

業經拜收登錄，並將編目珍藏，供本校師生參覽。

謹肅蕪箋，藉申謝忱。

耑此 敬頌

安 祺

國立 圖書館 屏東大學

國立屏東大學圖書館 敬啟

107 年 11 月 16 日

計收：「光陰考古學-失落圖像考古現代詩」等書 2 冊

國立陽明大學圖書館
National Yang-Ming University Library

# 感　謝　函

陳福成君：

　　頃承　惠贈佳籍，內容豐富，彌足珍貴，受領嘉惠，至紉高誼。業經拜收登錄，特此申謝。
並頌
時綏

國立陽明大學圖書館　敬啓

民國103年12月18日

計收：
金秋六人行...等，共4冊。

陳福成先生：頃承

惠贈圖書，深紉厚意。除編目善為珍藏

以供眾覽外，謹此申謝。

祇頌

公綏

計收：俄羅斯血娃　等計 3 冊

國立嘉義大學圖書館謹啟

民國一〇七年三月二十七日

NATIONAL CHIAYI UNIVERSITY

- [x] 蘭潭校區：60004嘉義市鹿寮里學府路300號
  總　　機：05-2717000
- [ ] 民雄校區：62103嘉義縣民雄鄉文隆村85號
  總　　機：05-2263411
- [ ] 林森校區：60074嘉義市林森東路151號
  總　　機：05-2717000
- [ ] 新民校區：60054嘉義市新民路580號
  總　　機：05-2717000

陳福成先生：頃承

惠贈圖書，深紉厚意。除編目善為珍藏

以供眾覽外，謹此申謝。

祇頌

公綏

計收：范蠡致富研究與學習 計

1 冊

國 立 嘉 義 大 學 圖 書 館 謹 啟

民 國 一 〇 七 年 七 月 十 日

陳福成先生頃承

惠贈圖書，深紉厚意。除編目善為珍藏以供眾覽外，謹此申謝。

祗頌

公綏

計收：光陰考古學 等計 2 冊

國立嘉義大學圖書館謹啟

民國一〇七年十一月十九日

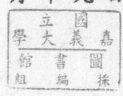

國 立 臺 灣 師 範 大 學 圖 書 館

National Taiwan Normal University Library

# 感　謝　函

陳福成先生鈞鑒：

荷承惠贈佳籍《六十後詩雜記現代詩集》、《漸凍勇士陳宏傳》、《港城詩韻》，內容豐富，裨益館藏充實，嘉惠學子，隆情厚誼，無任感荷，特函申謝。耑此

敬頌 時綏

國立臺灣師範大學圖書館 敬啟

2018 年 3 月 31 日

國立臺灣師範大學圖書館
National Taiwan Normal University Library
10644 臺北市和平東路一段129號
129, Sec. 1, Heping E. Rd., Taipei, Taiwan 10644
Tel:886-2-77345300 Fax:886-2-23937135
http://www.lib.ntnu.edu.tw

國立臺灣師範大學圖書館 採編組

2018
Happy New Year
國立清華大學圖書館
館長 林福仁 副館長 柳書琴
暨全體同仁 敬上

2019 | 己亥年
恭賀
新禧
30013
新竹市光復路二段 101 號
清華大學圖書館
館 長 林文源 副館長
國立清華大學圖書館暨全體同仁 敬上

國立清華大學圖書館

館長　　副館長　　副館長

林福仁　　孫宏民　　林志明

暨全體同仁　敬上

中國文化大學
Chinese Culture University
HWA KANG, YANG MING SHAN
TAIWAN, REPUBLIC OF CHINA

福成先生鈞鑒：

頃承惠贈下列書刊：<<六十後詩雜記現代詩集>>、<<漸凍勇士陳宏傳 ： 他和劉學慧的傳奇故事>>等圖書共二冊，深感厚意。本館將珍藏此贈書並儘速整理上架供讀者閱覽，特此申謝。耑此
敬頌時祺



中國文化大學圖書館　敬啓

中華民國 107 年 3 月 12 日

中 國 文 化 大 學
Chinese Culture University
HWA KANG, YANG MING SHAN
TAIWAN, REPUBLIC OF CHINA

福成先生鈞鑒：

頃承惠贈下列書刊：<<光陰考古學 ： 失落圖像考古現代詩集>>、<<我讀北京<<黃埔>>雜誌的筆記>>等圖書共二冊，深感厚意。本館將珍藏此書並儘速整理上架供讀者閱覽，特此申謝。耑此
敬頌時祺



中國文化大學圖書館 敬啟

中華民國 107 年 11 月 16 日

中 國 文 化 大 學

*Chinese Culture University*

HWA KANG, YANG MING SHAN
TAIWAN, REPUBLIC OF CHINA

福成先生鈞鑒：

頃承惠贈下列書刊：<<我讀北京<<黃埔>>雜誌的筆記>>、<<光陰考古學 ： 失落圖像考古現代詩集>>等圖書共二冊，深感厚意。本館將珍藏此贈書並儘速整理上架供讀者閱覽，特此申謝。耑此

敬頌時祺



中國文化大學圖書館 敬啓

中華民國 107 年 11 月 23 日

中　國　文　化　大　學
*Chinese Culture University*
HWA KANG, YANG MING SHAN
TAIWAN, REPUBLIC OF CHINA

福成先生鈞鑒：

頃承惠贈下列書刊：<<我讀北京<<黃埔>>雜誌的筆記>>、<<觀自在綠蒂詩話 ：無住生詩的漂泊詩人>>、<<光陰考古學 ：失落圖像考古現代詩集>>、<<中國鄉土詩人金土作品研究 ：我與遼寧張云圻的<<華夏春秋>>因緣>>等圖書共四冊，深感厚意。本館將珍藏此書並儘速整理上架供讀者閱覽，特此申謝。耑此

敬頌時祺



中國文化大學圖書館　敬啓

中華民國 109 年 2 月 7 日

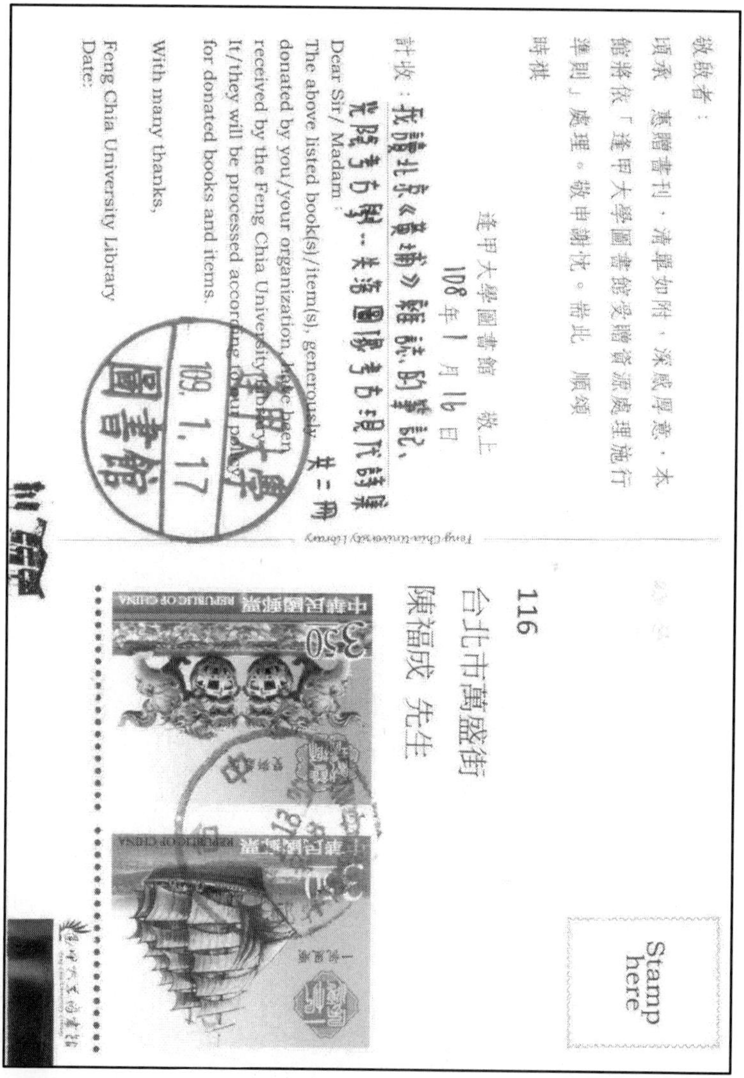

敬啟者：

頃承 惠贈書刊，清單如附，深感厚意，本館將依「逢甲大學圖書館受贈資源處理施行準則」處理。敬申謝忱。耑此 順頌

時祺

逢甲大學圖書館 敬上

108年1月16日

計收：我讀北京《黃埔》雜誌的筆記、光陰考古學：失落圖像考古現代詩集 共二冊

Dear Sir/ Madam：

The above listed book(s)/item(s), generously donated by you/your organization, have been received by the Feng Chia University Library. It/they will be processed according to our policy for donated books and items.

With many thanks,

Feng Chia University Library

Date:

逢甲大學圖書館 109.1.17

Feng Chia University Library

116

台北市萬盛街

陳福成 先生

Stamp here

中華民國郵票 REPUBLIC OF CHINA 3.50

中華民國郵票 REPUBLIC OF CHINA

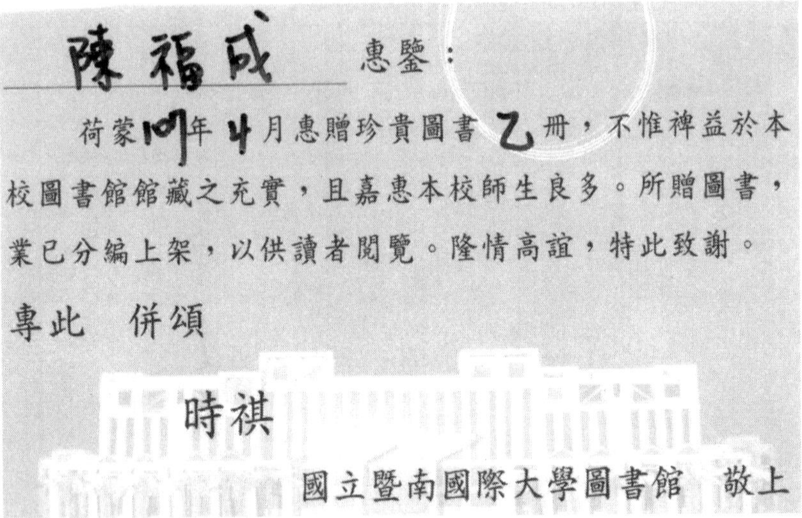

陳福成　惠鑒：

荷蒙109年4月惠贈珍貴圖書乙冊，不惟裨益於本校圖書館館藏之充實，且嘉惠本校師生良多。所贈圖書，業已分編上架，以供讀者閱覽。隆情高誼，特此致謝。

專此　併頌

時祺

國立暨南國際大學圖書館　敬上

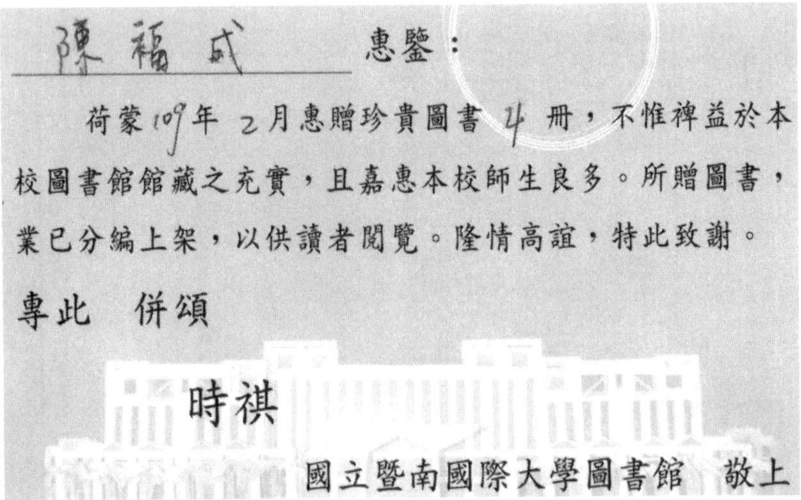

陳福成　惠鑒：

荷蒙109年2月惠贈珍貴圖書4冊，不惟裨益於本校圖書館館藏之充實，且嘉惠本校師生良多。所贈圖書，業已分編上架，以供讀者閱覽。隆情高誼，特此致謝。

專此　併頌

時祺

國立暨南國際大學圖書館　敬上

義守大學
圖書與資訊處
I-Shou University Office of Library & Information Services

# 感 謝 函

*Thank you letter*

陳福成 先生 ：頃承

惠贈圖書，深紉 厚意。除登錄編目善為珍藏以供眾覽外，謹此鳴謝。 並頌

時綏

On behalf of I-Shou University, I would like to express my deep appreciation to your donation of books for the purpose of enhancing our capacity in education. It will bring huge benefit to those who need the books. I am sure all beneficiaries will remember you for you generous giving in the long run.

義守大學圖書與資訊處 敬啟

計收：「葉莎現代詩研究賞析」等圖書共計 2 冊 2016/10/18

淡江大學覺生紀念圖書館
Tamkang University Library

陳福成先生/小姐道鑒：

承蒙惠贈『漸凍勇士陳宏傳』等圖書3冊，深感厚意，謹致謝忱。今後尚祈源源惠賜，以增輝我館典藏為禱。耑此

敬頌

時祺

淡江大學覺生紀念圖書館 敬啟

中華民國一〇七年三月三十日

聯絡人：蔡雅雯小姐

電話：886-2-26215656 #2148

傳真：886-2-26209918

E-Mail：tsaiyw@mail.tku.edu.tw

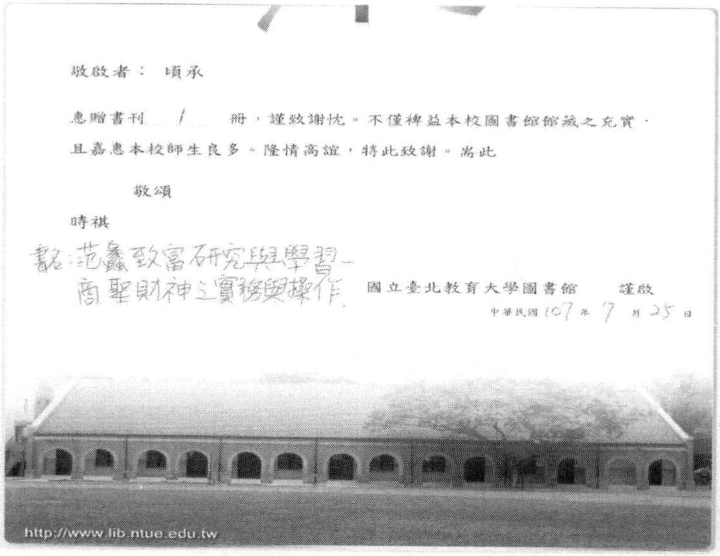
敬啟者： 頃承

惠贈書刊 1 冊，謹致謝忱。不僅裨益本校圖書館館藏之充實，且嘉惠本校師生良多。隆情高誼，特此致謝。耑此

敬頌

時祺

書名：范蠡致富研究與學習－商聖財神之實務與操作

國立臺北教育大學圖書館 謹啟

中華民國 107 年 7 月 25 日



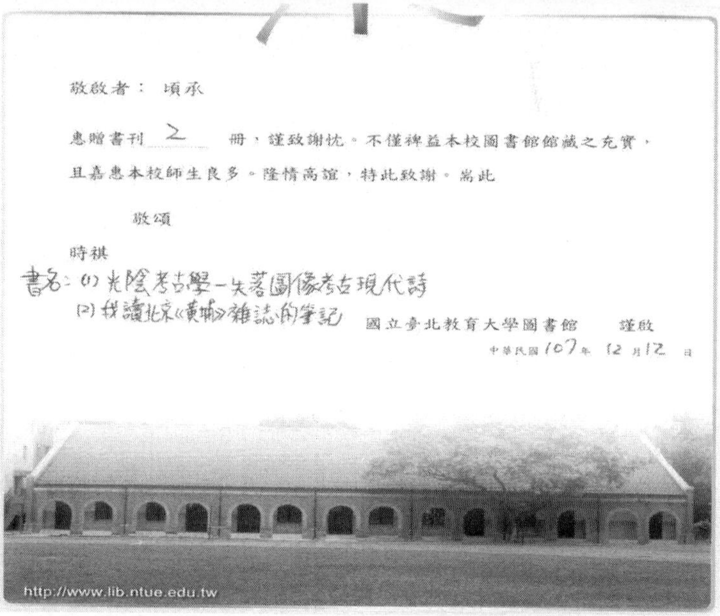
敬啟者： 頃承

惠贈書刊 2 冊，謹致謝忱。不僅裨益本校圖書館館藏之充實，且嘉惠本校師生良多。隆情高誼，特此致謝。耑此

敬頌

時祺

書名：(1) 光陰考古學－失落圖像考古現代詩

(2) 我讀北京《黃埔》雜誌的筆記

國立臺北教育大學圖書館 謹啟

中華民國 107 年 12 月 12 日

國立成功大學圖書館

臺南市大學路一號

National Cheng Kung University Library

1 University Road, Tainan City 70101, Taiwan, R. O. C.

TEL:886-6-2757575 ext.65760　FAX:886-6-2378232

陳福成先生：荷承

惠贈「三月詩會研究」等2冊圖書業已領收，隆情高誼，衷表謝忱。

所贈圖書本館將依受贈資料收錄原則妥適處理，凡適合納入館藏之圖書，將於書後誌記捐贈人大名以資感謝，並登錄上架供眾閱覽；未納入館藏者，則由本館轉贈或以其他方式處理，惟後續處理結果恕不再函覆。

再次感謝您的美意與慨贈，並祝福您平安健康。專此 敬頌

時祺

國立成功大學圖書館 敬啟

107年03月12日

國立成功大學圖書館

臺南市大學路一號

National Cheng Kung University Library

1 University Road, Tainan City 70101, Taiwan, R. O. C.

TEL:886-6-2757575 ext.65760 FAX:886-6-2378232

陳福成先生：荷承

惠贈「我讀北京–黃埔雜誌的筆記」等2冊圖書業已領收，隆情高誼，衷表謝忱。

所贈圖書本館將依受贈資料收錄原則妥適處理，凡適合納入館藏之圖書，將於書後誌記捐贈人大名以資感謝，並登錄上架供眾閱覽；未納入館藏者，則由本館轉贈或以其他方式處理，惟後續處理結果恕不再函覆。

再次感謝您的美意與概贈，並祝福您平安健康。專此 敬頌

時祺

國立成功大學圖書館 敬啟

2018 年 11 月 10 日

# 贈書感謝函

陳福成女士先生，您好：

本館已經收到您捐贈的圖書資料，對於您的慷慨割愛與熱心厚愛，致上崇高感謝。由於技職院校的館藏極待成長，非常需要熱心人士能夠提供圖書資源。對於您所捐贈的圖書資源，我們一定會儘速處理，以求物盡其用，嘉惠學子，才不辜負您捐贈的美意與對本校師生們的厚愛。謹此致上全體同仁最誠摯的感謝。

南臺科技大學圖書館 敬上

民國 107 年 03 月 20 日

◎ 計收贈書明細如下：

華文現代詩. 第八期　共計 2 冊

# 贈書感謝函

陳福成作者，您好：

本館已經收到您捐贈的圖書資料，對於您的慷慨割愛與熱心厚愛，致上崇高感謝。由於技職院校的館藏極待成長，非常需要熱心人士能夠提供圖書資源。對於您所捐贈的圖書資源，我們一定會儘速處理，以求物盡其用，嘉惠學子，才不辜負您捐贈的美意與對本校師生們的厚愛。謹此致上全體同仁最誠摯的感謝。

Southern Taiwan University of Science and Technology
71005 臺南市永康區尚頂里南台街一號
No. 1, Nan-Tai Street, Yongkang Dist., Tainan City 710, Taiwan R.O.C.
http://www.stust.edu.tw TEL:+886-6-253-3131 ext.

南臺科技大學圖書館 敬上

民國 107 年 11 月 22 日

◎ 計收贈書明細如下：

光陰考古學 共計 2 冊

# 贈書感謝函

執事先生、女士您好：

本館已經收到　貴單位慷慨贈送的圖書資料。對於您資源共享、物盡其用的理想與精神，本館除了深表敬意之外，也會效法　貴單位之精神，秉持嘉惠大眾的理想，將與他館互通有無。對於所收之圖書資料，一定會儘速處理，讓資源物盡其用，不致辜負您的美意。謹致本館所有同仁誠摯之感謝。

南臺科技大學圖書館　謹上

民國 108 年 08 月 19 日



◎ 計收贈書明細如下：

陳福成著作述評　等共計 4 冊

# 贈書感謝函

陳福成作者，您好：

本館已經收到您捐贈的圖書資料，對於您的慷慨割愛與熱心厚愛，致上崇高感謝。由於技職院校的館藏極待成長，非常需要熱心人士能夠提供圖書資源。對於您所捐贈的圖書資源，我們一定會儘速處理，以求物盡其用，嘉惠學子，才不辜負您捐贈的美意與對本校師生們的厚愛。謹此致上全體同仁最誠摯的感謝。

南臺科技大學圖書館 敬上

民國 108 年 10 月 03 日

◎ 計收贈書明細如下：

國家安全與戰略關係　等共計 6 冊

# 贈書感謝函

陳福成作者，您好：

本館已經收到您捐贈的圖書資料，對於您的慷慨割愛與熱心厚愛，致上崇高感謝。由於技職院校的館藏極待成長，非常需要熱心人士能夠提供圖書資源。對於您所捐贈的圖書資源，我們一定會儘速處理，以求物盡其用，嘉惠學子，才不辜負您捐贈的美意與對本校師生們的厚愛。謹此致上全體同仁最誠摯的感謝。

南臺科技大學圖書館 敬上

民國 109 年 02 月 06 日

◎ 計收贈書明細如下：

我讀北京黃埔雜誌的筆記　等共計 4 冊

# 亞洲大學圖書館感謝函

陳福成先生：

承蒙　惠贈佳籍，充實本館館藏，嘉惠本校師生良多，謹表謝忱。今後如蒙源源分溉，尤為感荷。

ASIA UNIVERSITY 亞洲大學
41354 台中縣霧峰鄉柳豐路500號
500,Lioufong Road, Wufeng
Taichung, Taiwan 41354 R.O.C.
Tel:+886-4-23323456
Fax:+886-4-23316699
http://www.asia.edu.tw
圖書館贈書謝函

中華民國 105 年 11 月 1 日

計收：

圖書-「三黨搞統一」共 2 冊

# 亞洲大學圖書館感謝函

陳福成先生：

　　承蒙　惠贈佳籍，充實本館館藏，嘉惠本校師生良多，謹表謝忱。今後如蒙源源分溉，尤為感荷。

中華民國 105 年 11 月 1 日

計收：

圖書-「典藏斷滅的文明」共 2 冊

# 輯　三　因緣和合的證據

福成先生道鑒：
薰風乍拂，化日方長，敬維
文祉增綏，為學發軔為頌，渥蒙
賜贈「我所知道的孫大公」著作乙書，隆情盛意，感
篆良殷！
賢棣才華藝世，文采繽紛，長年以來潛心著作，作品
廣涉軍事、領導管理、小說、翻譯及現代詩等六十餘
冊，誠謂「軍人作家」，當之無愧！本書詳述
大公老師允文允武，無私無我之一生行誼，身在海外，
仍心繫國是，強烈國家民族情操，堪為革命軍人忠貞
典範。所贈鉅作，當珍藏拜讀，特虔函馳謝！
適值國防事務變革之際，敬祈
時賜箴言，俾資借重，不勝企禱！耑此　順頌
近安

高華柱　敬啟
一○○年五月六日

華柱用牋

陳福成　先生惠鑒：

通知您榮獲第五十五屆中國文藝獎章（文學創作獎　專欄雜文）：

(一)出席全國文藝節大會及文藝獎章頒獎典禮：五月四日下午二時三十分報到，三時頒獎典禮，

（台北市延平南路一四二號三軍軍官俱樂部），歡迎親友觀禮。

(二)請以限時函寄二吋半身照片二張及簡介三百字內，以供印製頒獎手冊。

本會地址：（一○六）台北市羅斯福路三段二七七號九樓
電　　話：(○二) 二三六三八六八四
傳　　真：(○二) 二三六五四九八八
聯 絡 人：理事長　王吉隆（0932044412）

一○三年文藝節慶祝大會籌備會　敬啟

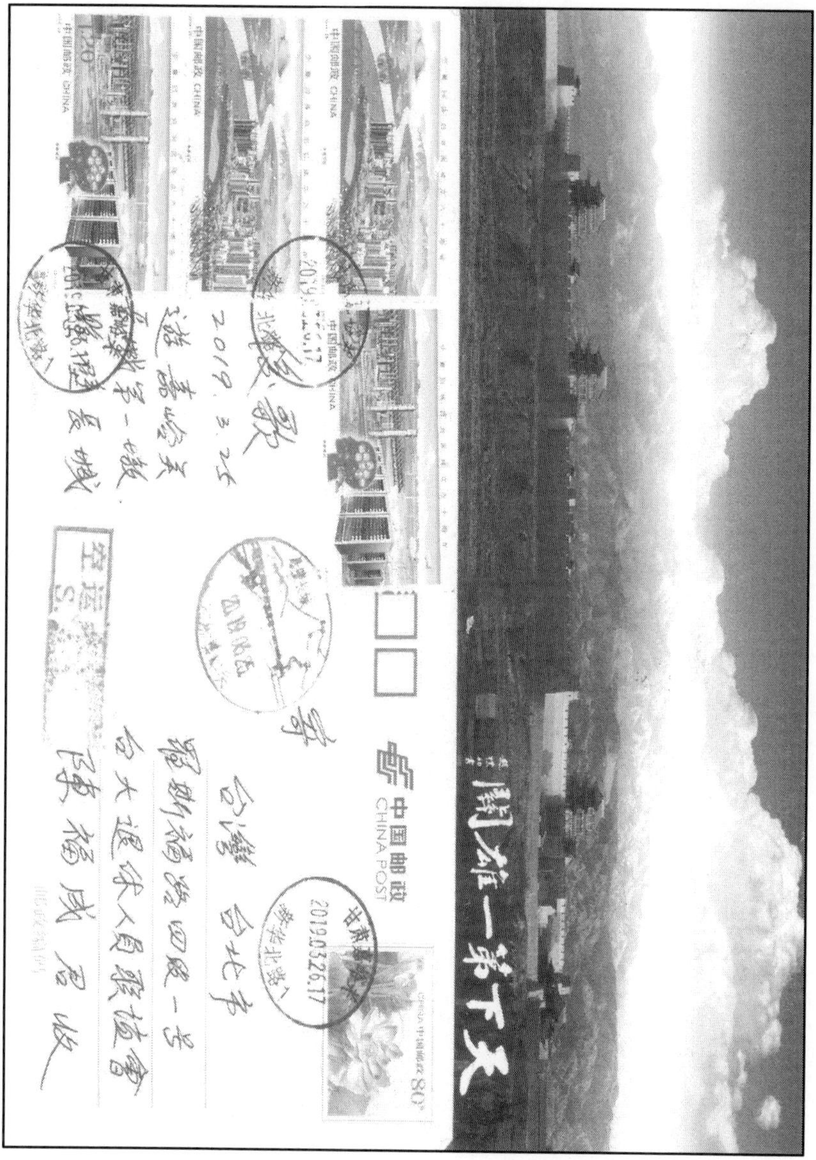
天下第一雄關
中国邮政
CHINA POST
台灣 台北市
羅斯福路四段一号
台大退休人員聯誼會
陳福成 君收

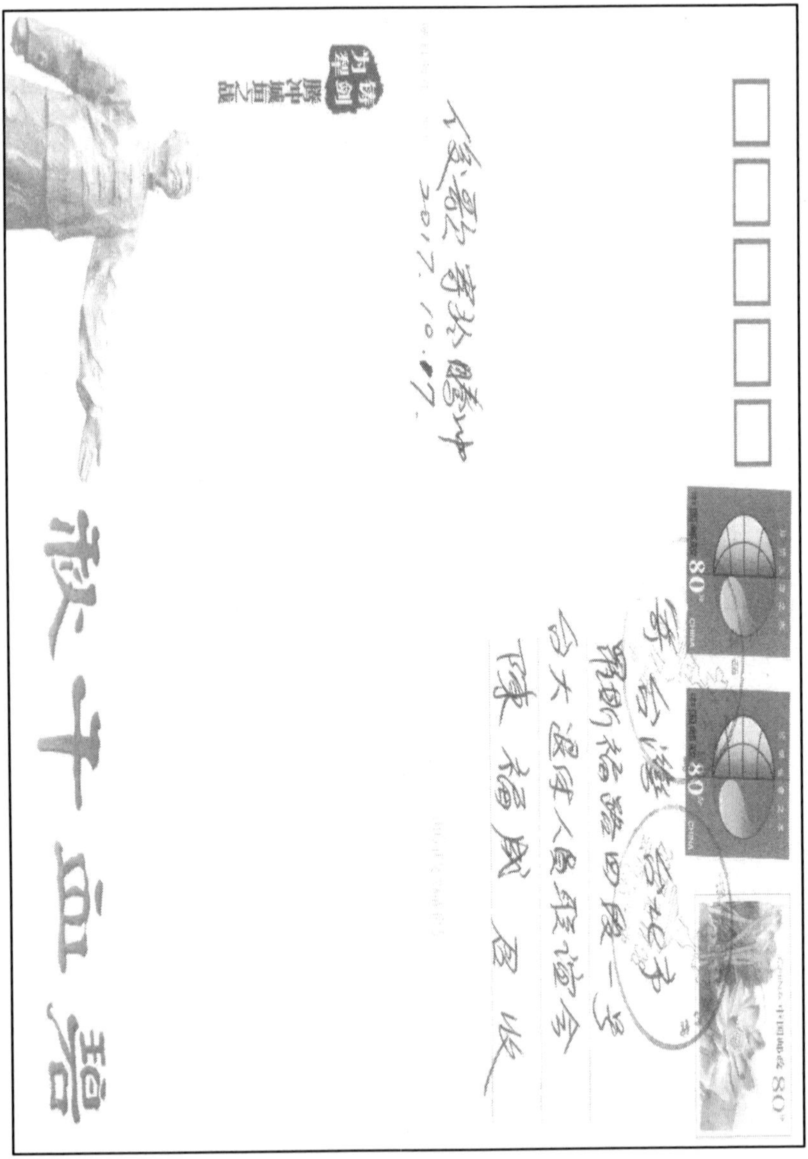

中国邮政
CHINA POST
CHINA 中国邮政 80分
台湾
台北市罗斯福路四段1号
台大退休人員聯誼会
陳福成 君收
俊歌
寄2018.3.12
于福建武夷山
世界自然与文化遗产
武夷风光
16-350782-11-0003-001 南平市邮政函件局发布
大王久已独称尊 一柱擎天万古存

麥積山石窟藝術
俊歌寄
予天水
麥積山
2019.3.12.

中国邮政
CHINA POST
¥0003.20
台航信片00020克
甘肃敦煌
2019.03.29.20
营业2
中国邮政 CHINA 80分
俊歌
2019.3.28 於敦煌
雲遊最高處
鳴沙山、月牙泉
寄
台灣 台北市
羅斯福路四段1号
台大退休人員聯誼會
陳福成 君收
邮政编码

寄
台灣 台北市
羅斯福路四段1号
台大退休人員聯誼會
陳福民先生收
俊勳寄2017.10.17於騰冲

中国邮政
¥0003.50
台明信片00020克
甘肃张掖
2019.03.23.20
多彩張掖
丹霞平山湖大峽谷
濕地公園 高渧寄
俊歌 重遊張掖
2019.3.22
寄：
台灣 台北市
羅斯福路四段一号
台大退休人員聯誼會
陳福成君收
多彩张掖
张掖国家湿地公园

多彩张掖
张掖国家湿地公园

# 統與獨

這兩陣營人馬
相罵、打架
到了晚上在酒家
泡女人
人民眼裡裝糞

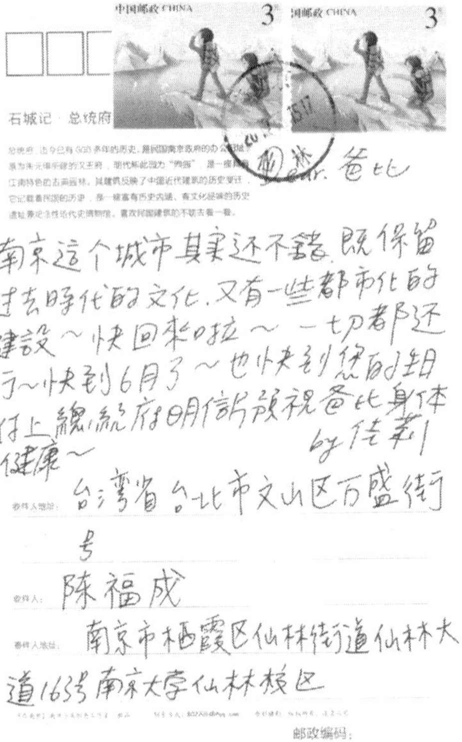

# 我乃西行路上一隻牛（一）

走累了
河邊喝酒
吃幾斗青綠下酒菜
吃飽喝足
再啓程
不忘西行使命
堅持不忘初心的
牛脾氣

# 我乃西行路上一隻牛（二）

牛
就牛到底
偶爾回看沈淪的故鄉
成為一座漢奸島
不久火光漫天
誰造的業
真牛

# 我乃西行路上一隻牛（三）

物極必反
急獨急統
就是這麼牛
戰火燒光了邪惡勢力
從此以後
國泰民安
風調雨順
牛都知道的真理

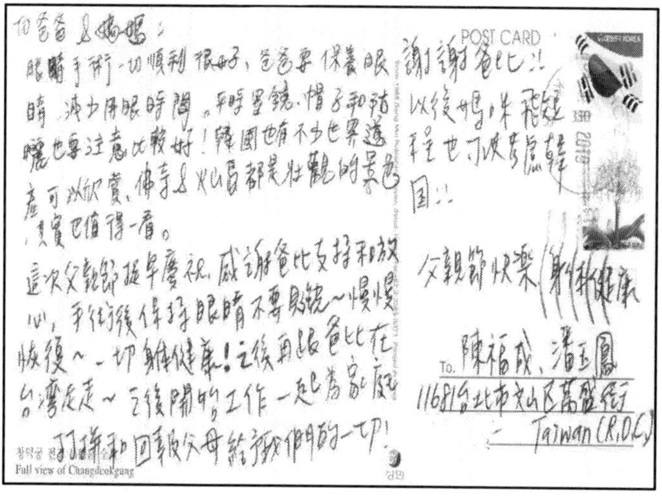
Ta爸爸 & 媽媽：
眼睛手術一切順利很好，爸爸要保養眼睛，減少用眼時間。平時墨鏡、帽子和防曬也要注意比較好！韓國也有不少世界遺產可以欣賞，佛寺 & 山區都是壯觀的景色，其實也值得一看。
這次父親節提早慶祝，感謝爸比支持和放心，手術後保持眼睛不要[illegible]鏡～慢慢恢復～一切身體健康！之後再跟爸比在台灣走走～之後開始工作一起為家庭打拼和回報父母給我們的一切！
POST CARD
謝謝爸比!!
以後媽咪飛短程也可以考慮韓国!!
父親節快樂 身體健康
To. 陳福成、潘玉鳳
11681台北市文山區萬盛街
Taiwan (R.O.C.)
Fall view of Changdeokgung

# 轉世的驛站（一）

你身不由己
轉世經過這個驛站
留下公文書
飛奔而去
無言
連一個眼神
也沒留下

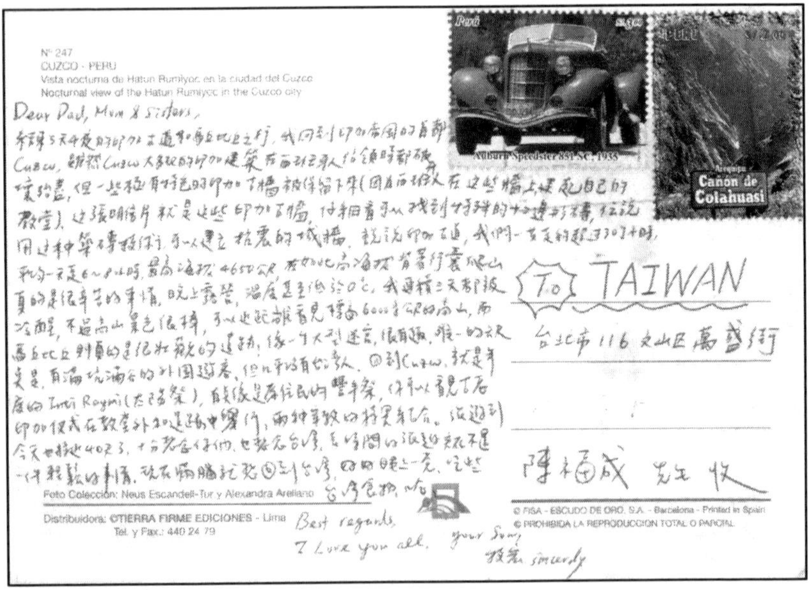

# 轉世的驛站（二）

突然到這驛站
定有些因緣
住久了
心有千千結
眼看列車又啓動
開往下一站
不知什麼站名

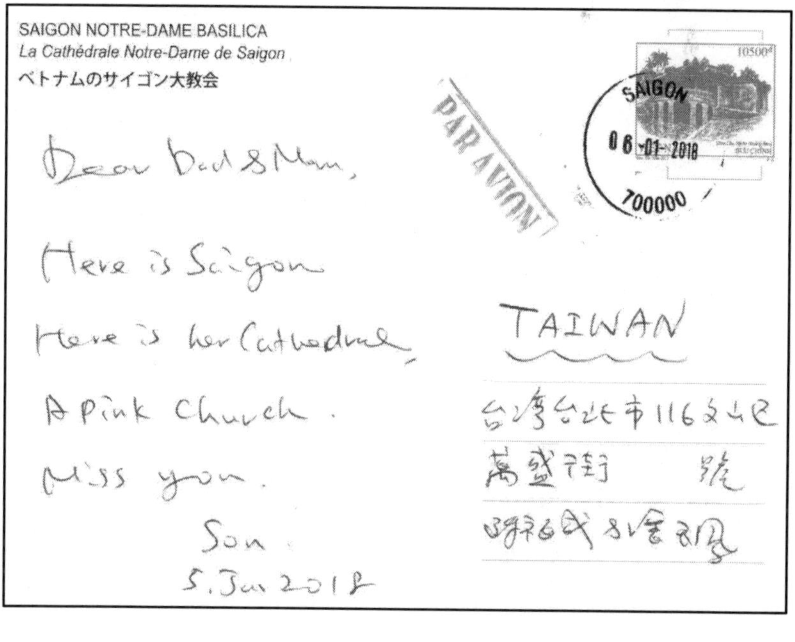
SAIGON NOTRE-DAME BASILICA
La Cathédrale Notre-Dame de Saigon
ベトナムのサイゴン大教会
PAR AVION
10500đ
SAIGON
06-01-2018
700000
Dear Dad & Mom,
Here is Saigon
Here is her Cathedral,
A Pink Church.
Miss you.
Son
5. Jan 2018
TAIWAN
台灣台北市116文山區
萬盛街
號

# 轉世的驛站（三）

不急著走
在這站口
遇到有情人
回眸的目光
交會共舞
原來這一夜乃
千年之約

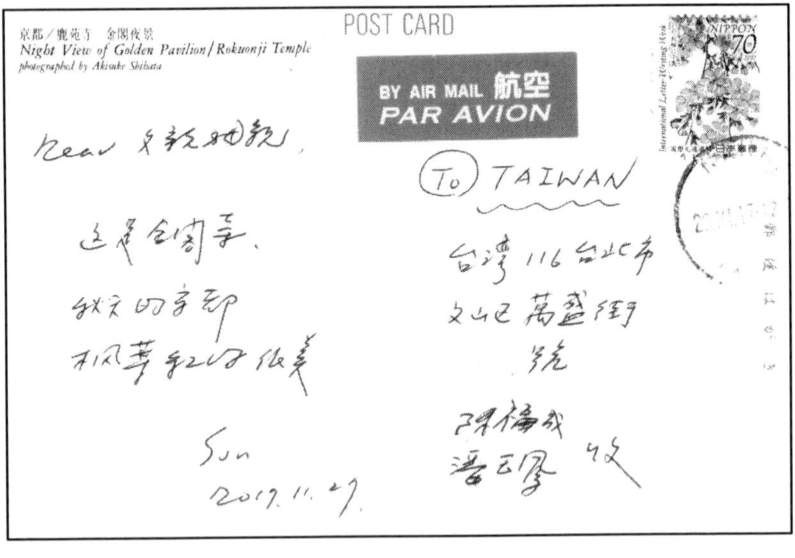

# 重陽不登高（一）

重陽不登高
因為高處不勝寒
老人家都怕冷
還有，大貪官
都在高處
那種腐敗的環境
危害老人健康

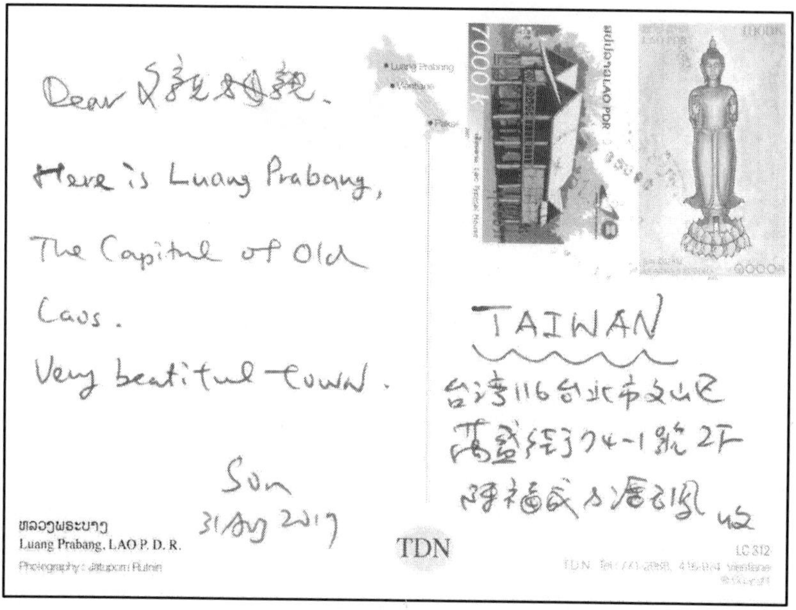
Here is Luang Prabang,
The Capital of Old
Laos.
Very beatiful town.
Son
TAIWAN
Luang Prabang, LAO P. D. R.
TDN
LC 312

# 重陽不登高（二）

重陽不登高
老人家平衡感不好
腳力又差
若看到高層
滿朝妓女土匪鼠輩
必定氣得
從高處跌到山腳下
一息奄奄

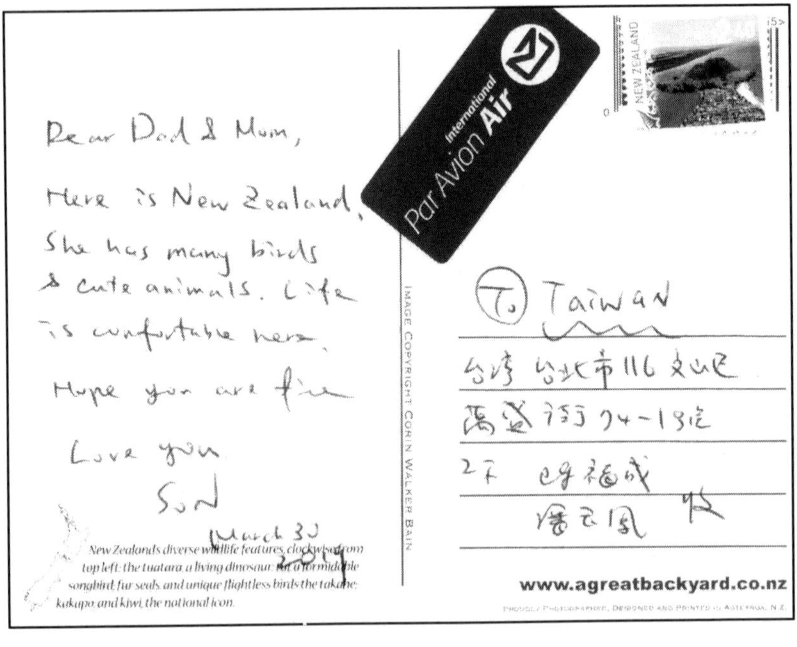
International
Par Avion Air
NEW ZEALAND
Dear Dad & Mum,
Here is New Zealand,
She has many birds
& cute animals. Life
is comfortable here.
Hope you are fine
Love you
Son
March 30
2009
To Taiwan
台灣 台北市116 文山區
New Zealand's diverse wildlife features, clockwise from top left: the tuatara, a living dinosaur; tui, a formidable songbird; fur seals and unique flightless birds the takahe, kakapo, and kiwi, the national icon.
IMAGE COPYRIGHT CORIN WALKER BAIN
www.agreatbackyard.co.nz

## 靜觀（一）

我獨坐長江旁
天地無言
江水話多
我靜觀
原來百年怨氣
乃在
不吐不快

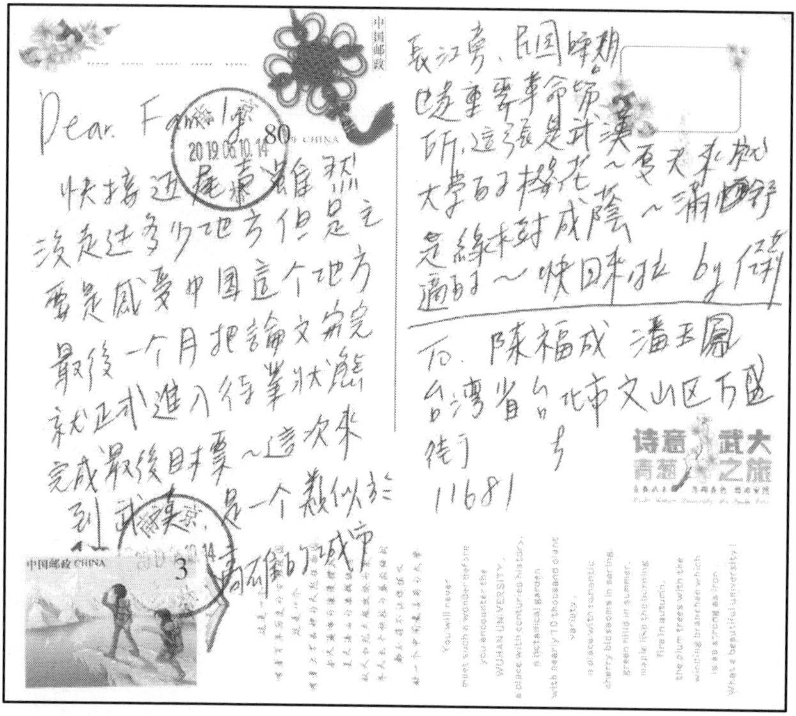

# 靜觀（二）

我獨坐長江旁
生氣的浪花
一朵朵
我靜觀並
以心傳心說
中華民族就要復興
中國夢快實現
你就別生氣了

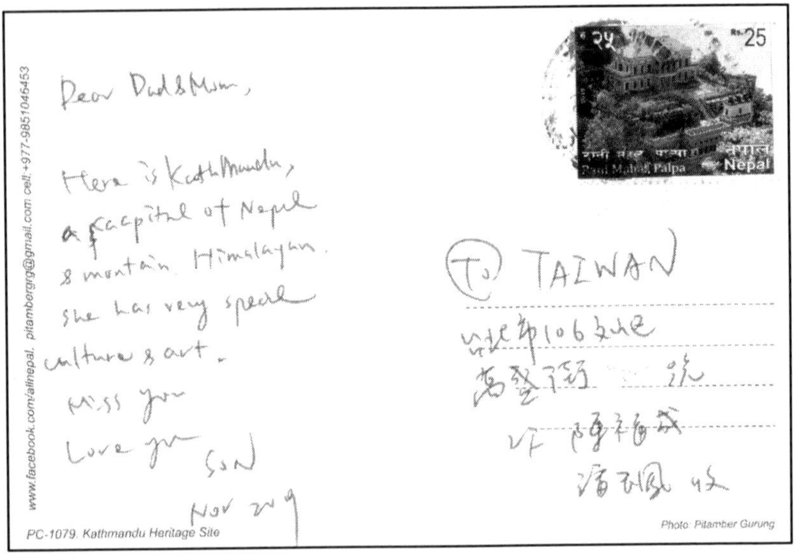
Rs.25
Rani Mahal, Palpa
Nepal
www.facebook.com/allnepal, pitambergrg@gmail.com cell:+977-9851046453
Dear Dad & Mum,
Here is Kathmandu,
a capital of Nepal
& montain Himalayan.
She has very special
culture & art.
Miss you
Love you
Son
TAIWAN
PC-1079. Kathmandu Heritage Site
Photo: Pitamber Gurung

# 冷觀

佛説這是濁惡世
因此所見
台獨偽政權
漢奸鼠輩
你冷冷的觀看
千萬別放心上
外境沈淪與你何干？

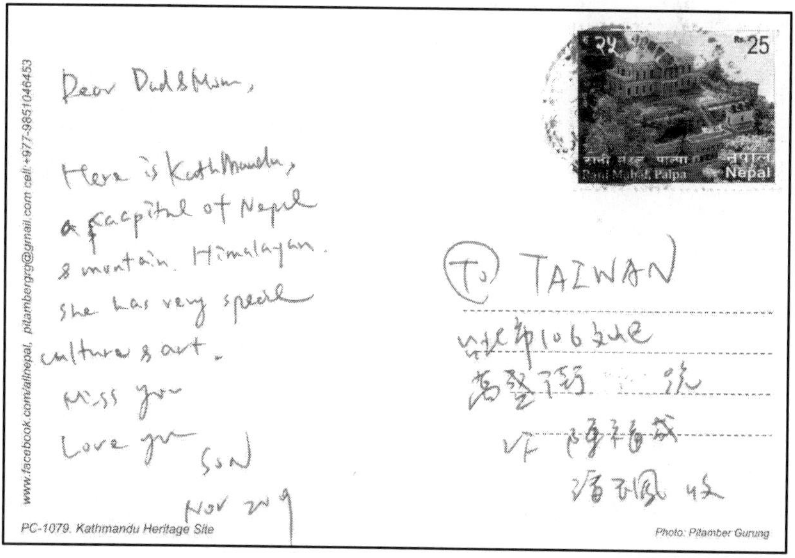
www.facebook.com/atinepal, pitambergrg@gmail.com cell:+977-9851046453
Dear Dad&Mum,
Here is Kathmandu,
a capital of Nepal
& mountain Himalayan.
She has very special
culture & art.
Miss you
Love you
Son
Nov 2019
25
Nepal
To TAIWAN
PC-1079. Kathmandu Heritage Site
Photo: Pitamber Gurung

# 獨坐西廂下

月光推窗入
迎風門半開
誰來了
正想織美夢
你來
把你寫入詩集
讓你我
永恆的獨處

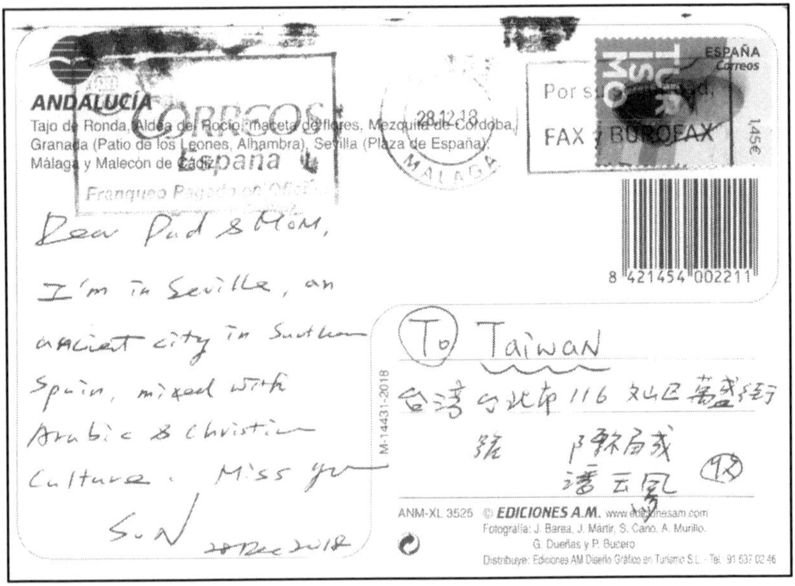

# 現代風花雪月（一）

地球變種
生物退化
風花雪月都是異形
瘋狂的風肆虐全球
花言巧語是真理
望前景
雪上加霜
月月愁

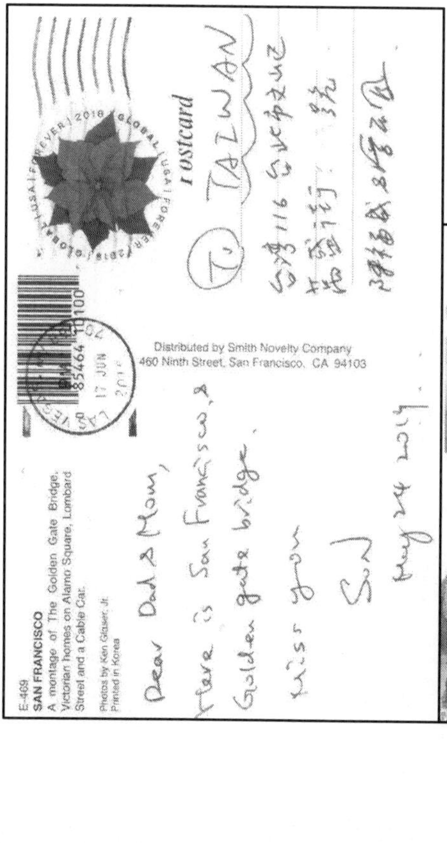

# 現代風花雪月（二）

人類退化
台島是退化急先鋒
急著退回禽獸社會
風花雪月成異形
地球第六次大滅絕
台島最先演出
我等老人家日子
要怎麼過

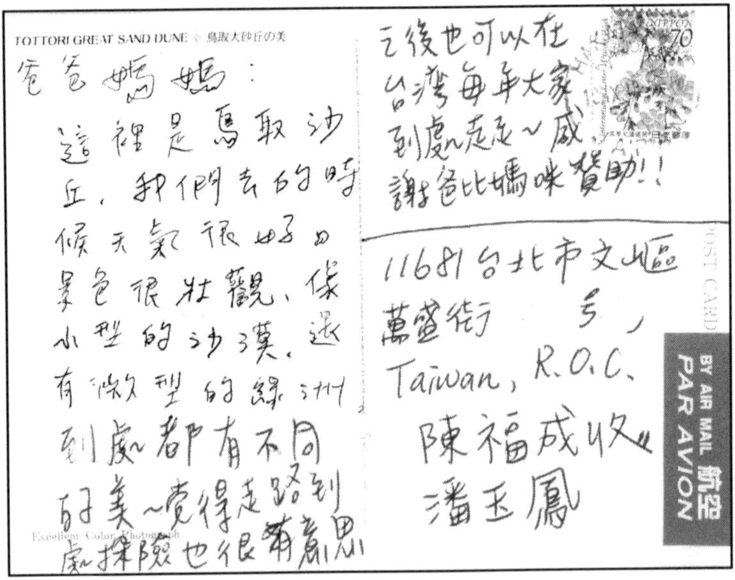
TOTTORI GREAT SAND DUNE 鳥取大砂丘の美
爸爸媽媽：
這裡是鳥取沙丘，我們去的時候天氣很好，景色很壯觀，像小型的沙漠，還有微型的綠洲，到處都有不同的美~覺得走路到處探險也很有意思
之後也可以在台灣每年大家到處走走~感謝爸比媽咪贊助!!
POST CARD
11681台北市文山區
萬盛街　號
Taiwan, R.O.C.
陳福成收
潘玉鳳
BY AIR MAIL
PAR AVION
航空

# 現代風花雪月（三）

我等老夫
要重建現代風花雪月
把那些發瘋的風
阻絕在火星
在我的國裡
風花雪月回復古典
而活於現代

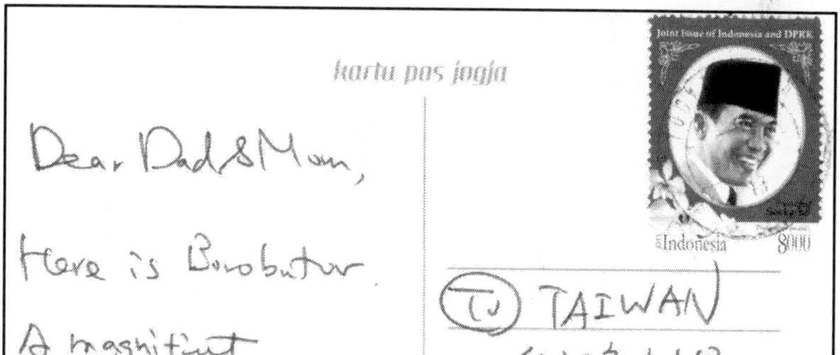
Joint Issue of Indonesia and DPRK
Indonesia 8000
kartu pos jogja
Dear Dad & Mom,
Here is Borobudur
A magnificent temple in Yogyakarta.
Son
Jan 2020
TAIWAN

## 微塵

漂浮虛空的
一粒微塵
因緣和合，也有
一段情
不干於隨風漂飛
尋找舞台
展演生命的意義
這是微塵的心思

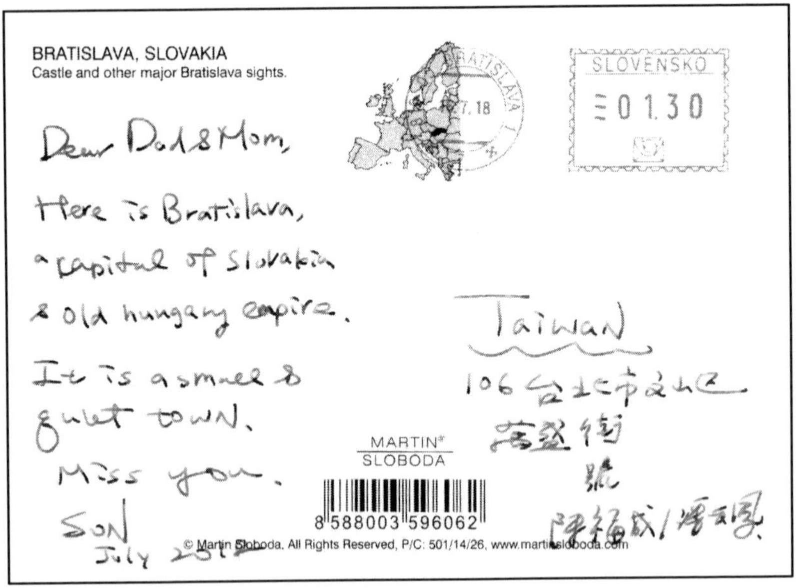
BRATISLAVA, SLOVAKIA
Castle and other major Bratislava sights.
SLOVENSKO
01.30
Dear Dad & Mom,
Here is Bratislava,
a capital of Slovakia
& old hungary empire.
It is a small &
quiet town.
Miss you.
Son
Taiwan
MARTIN
SLOBODA
8 588003 596062
© Martin Sloboda, All Rights Reserved, P/C: 501/14/26, www.martinsloboda.com

## 花的鄉愁

花為何速謝
人不懂惜玉憐香嗎？
還是妳的鄉愁太濃
才誕生不久
急於回老家
如流星的美
讓鄉愁火化吧

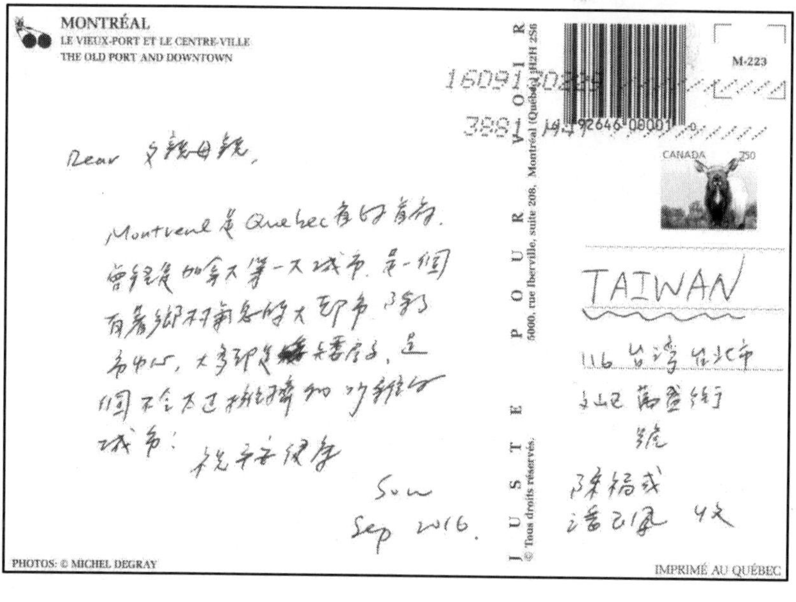

尊敬的陈福成先生：您好！

您寄来的《我读上海〈海上诗刊〉》的后稿印集和其他20余本均收到，十分感激！

您的书籍在我们诗社掀起了一次大波动，大家都想不到我们的《海上诗刊》居然得到了您的阅读，是十分难得的阅读，并为之写了一本评论书籍《我读上海〈海上诗刊〉——中国历史园林豫园诗话琐记》。您的书和评论，不仅给了我们极大的鼓舞，还帮助我们开拓了视野，对我们自己的诗歌有了进一步的认识。您的评论很是中肯，很有水平，很有理论分析，对我们今后的创作是很有帮助的。所以，我们许多诗友要我代他们向您表示衷心的谢意。我们准备在后面的《海上诗刊》上刊出一个专栏题目是《陈福成评诗》，介绍您的情况，然后逐期刊出您的评诗内容，一首一首刊登，也为我们诗刊提升理论素质。

再一次衷心的感谢！

祝您健康！全家幸福！

上海 海上诗社 钱国梁

2018.7.10

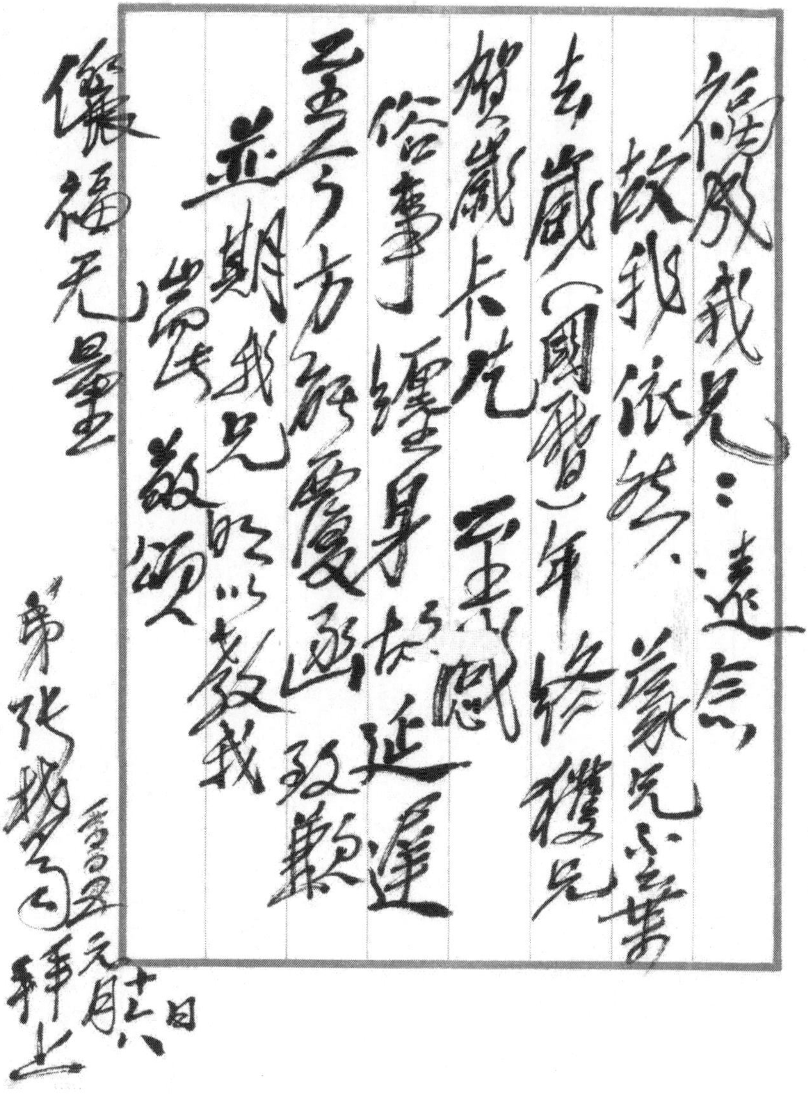

儀福我兄：遠念，
故我依然。蒙兄不棄
去歲（國曆）年終獲兄
賀歲卡片，至感。
俗事纏身，故延遲
至今方能覆函致歉
並期我兄照以教我
為民 敬頌
儀福無量
弟 張[illegible] 拜上
[illegible]元月十六日

禧成兄：

許久未見，常在念中。我們行動不便未再參加三月詩會雅聚，聽說你也未參加了，不知為何？

日昨重讀大作「三月詩會廿年別集」。關於第個人部份：我一九八八年由北京至西安是由全國政協安排看兵馬俑一號坑（那時只發掘一號），然後至重慶、經三峽、到南京、合肥，回老家探親，這只是我個人的行程，不算破冰，真正的破冰是：我於八九年清明節率團到黃陵縣橋山的祭祖才算真正的破冰。同行者有台大教授劉文起博士、王道還教授、李×森及東海的朱某教授（名字我都記不清了）以及宗教界悟明法師和他的信徒，因子亞嶽亦同行。而第二次祭黃陵才是陳映真帶團，第三次祭黃陵也是由我帶團參加黃陵重建奠基儀式。我前後四回四次至西安。三次參觀黃陵。第一次帶團祭黃陵參觀了「法門寺地宮」首次見到「佛骨」、「佛牙」。台灣民間人士我可能是第一個看到「佛骨」的人。當時拍了很多照片，現在都不知放到那去了。法門寺主持還陪我參觀了法門寺文物館。在法門寺與主持合影多幀。由西安至上海在「龍華寺」舉行了一場為兩岸和平祈福法會。不僅龍華寺的主持還有其他各地來的主持大和尚、法會非常的莊嚴隆重。很是感人。我最欣賞的是寺中白玉石雕刻的臥佛手工之美至今印象深刻。太有藝術價值了。「講會別集」韓素有機會再版，請將第個人破冰後至為八九年帶團破冰更為詳實。亞薇常催我皈依佛法。像我這樣讀基督教神學院的人，我認為人的信仰不在形式而在內心，不管上帝或佛祖天堂或淨土。都在一念之間常存善念佛祖、基督都在心裡。吾兄以為然否？順頌

著安

弟 丁穎拜啟

一〇五年十月廿八日

歲次丙申

第　　頁

福成兄：

一個我素所崇敬的「快手」，竟會花兩個多月專心，「研究」拙作，「未做別的事」，感愧之極。

我確實一向走自己的路，沉浸在田園裏，自我沉醉，沉默少言。知我者，福成兄也。

很少寫字了，尤其少寫信，連信紙都沒有，連字也寫不好了。很抱歉。謹此

恭祝

新年快樂 闔家安康

許其正敬上

2016、12、27、

福成詩家：

大作研析拙詩，上週正雄兄掛號寄來收接，我於上週五送還。因你對政治立場問題，恐致訴訟，正雄兄囑我刪除部分政治敏感部分，我已於今早將刪改稿掛號寄正雄兄處。請你抽空前去一看，或可修刪定稿。

你知道，我不沾政治議論，「遠離政治」，如果那些敏感問題致政治來煩我，就是頭痛事。據正雄兄說，莫論的也因政治問題，寄來付印。可否請彰於掛，讓研析與政治距離遠些；否則，你寫了，出不了，也等於沒寫。

謹祝

詩禧

許其正敬上

2017.3.27

福成詩家：

上週的今天，正雄兄又把你的「研析」校樣交給我校對（勘誤？），我已於今天下午寄回去。我發現，校樣都依我上次「刪削」的，似乎你沒「過目」。是否你該看一次，是否有不合你意的？「刪削」的部分大都是有「人身攻擊」成分的。你看一次較好。

另外，想提議，將部分稿子投稿報刊。我較常投刊的有兩報可能適合，就看編者的決定了。其一是更生日報副刊，信箱是：kengshen3@umail.hinet.net，田園、鄉土作品該刊較會接受。有稿費。其二是大紀元時報文學世界，好像不是紙刊，刊載在網路上，沒稿費。我約四天就有一首中英對照的刊登，都是舊作的中英對照，我現在較忙的就是這一部分的英譯。信箱是：editor-tw@epochtimes.com，不過該報據說是法輪功者辦的。就看您怎樣了。我是不信不參與法輪功的，只提供稿子（文藝性）。

很感謝您對拙詩的研析。有不少觀點是別家探討不到的。如「向我父親」的「向」，他們甚不多体会不到。當然您也有沒論及的，如「醒於春秋，醒於戰國，醒於漢唐」的「於」字，我原意是「超過」。沒關係，各人有各人的專注點。其他部分，都給我「開腸剖肚」。再說，謝謝！

謹祝

詩安

許其正敬上

二〇一七、四、十八

福成詩家：

大作「現代田園詩人許其正作品評析」，堂堂近三百頁，利用數日拜讀，甚覺你下筆很狠，不但將我內衣褲脫去，以赤身裸体示眾，並且開腸剖肚，挖我心肝，佩服你操刀，刀刀見血。

大作雖未見到，我卻以原稿為校樣，移出如下諸處：

一、頁五詩（許）其正，二、七頁兩，（。）山徑上，三、頁十六把陰霾（霾）驅散，四、頁三六：踩穆郎（朗）瑪峰，五、三七頁嶄利（道）、（田）園詩人，六、四七頁：死人不嘗（償）命、南方（的）一顆星，七、四七頁同上二節多，八、五七頁：同七，九、五九頁：盛花（開）的浪花，十、六七頁：想像力的（丰）夫，十一、六九頁：那那（些），十二、七九頁：頁面的思（維?、想），十三、八八頁：那是詩人

與（人）不同的地方，十〇、一一二頁：要如（何）清除，

十五、一二五頁：所有草木凝靜凝靜（歎）笑著，十六、一四一

四三頁：除那第三次世界大戰爆（發），十七、一五三頁：

把時光還（是）体化十八、一九三頁：造了（有）因必有果

，十九、二〇九頁：佛如（前）導，佛是巨人，二〇、二一

八頁：休閒（閒），二一、二一八頁：結廬在人間（境），二二、二四二頁：似人特

為我而視（設）的視窗，二三、二四三頁：會（有）想要去

那地方的衝動，二四、二六九頁：刻意營（營）造詭異氣份（氛）。

這些是小細節，沒有大關係。但文中提到當今政府，指

為黨營，是否會纏上官司？譬如「轉型正義清算」等，是要考

慮一下的。建議還是朦朧（模糊）些可能較好。

謹祝

春日快樂

又：我的連絡資料 email: cchwt70@gmail.com

許其正 敬上

二〇一七、二、十三、

稱成學弟：

你好嗎？

盼了好久的《秋水四十年》終於出版了。寄二本給你。一本是你和好友吳先儀的，一本是你的。謝謝你的幫助。請[illegible]。

也謝謝你曾經對《秋水》的好。

順頌 夏祺

涂靜怡

2015年5月4日

靜怡便箋

林明理诗友：

您好！

《牧月园》诗刊2019年11月总第63期和2020年2月总第64期已出版，现寄各一册，望查收！

您的诗作《"天鹅"——每个人的故事》刊登在《牧月园》总第63期上。在采用稿子时，做了适当的删减，请见谅！

您的大著《海青青的天空》由于我繁杂工作，在内地发表需要重新用简体字打出来，又因忙于琐事，此工作一直没有展开。最近，才计划把它纳入以后的工作日程上。由于自己主办《牧月园》季刊，只能不定期的在刊物上发表。不过，我会推荐给内地某些刊物，都是慢慢来，请见谅。

《海青青的天空》一书，我分别寄给了内地的大诗人们。目前，我已没有存书。林明理诗友，是否可寄些？

现在出版书籍真的不容易，我真的很感谢您！我想，让更多人知道这本书，就是我最大的心愿，也算作为是对您的知音感恩吧。

您若需要什么，只要我能够办到，请常说！

保重！

2012-10

海青青

2020年1月16日·[illegible]书斋

# 诚 意 邀 请

## SINCERE INVITATION

TO
致 陈福成先生

ATTEND
参加 中国（芮城）永乐宫第四届国际书画艺术节开幕式

DATE
日期 二○一一年九月十四日下午芮城大酒店报到

TIME
时间 二○一一年九月十五日上午九时

ADDRESS
地点 芮城县人民体育场

INVITER
邀请人 中共芮城县委　芮城县人民政府

福成学弟：

林國華是我同期（28期）同学，也是期中之佼佼者，他要我代送一本新书给你。（他的地址在我序二之頁）

另外我民間筆友錢文穎也有一本新书送给你（他的地址在八八随筆首頁）你若有兴趣，可和他們連络。

即祝

新春如意

小兄

孫大公

2015.12.31

稻香湖编辑部
DAO XIANG HU EDITORIAL DEPARTMENT

陳福田先生：

您好！

看了您的书信与评论，十分感激。令我激动的是您的执着，特别对文学、诗的酷爱，及您的隐居。现代社会是一个浮躁的动荡不安的时代，对人的晚年有不少不利之处，您隐进山林呼吸一下新鲜的空气，写着不许

P1

**稻 香 湖 编 辑 部**

DAO XIANG HU EDITORIAL DEPARTMENT

---

紫的水，有利于健康，有利于心情的宁静，故《道宁静致远》很有道理，在深山中修禅，养々花修身养性，有利于自己的抱负与爱好。

徐公的评肯定了我的看法，给我一个中肯的定位，是中国的新诗，是一位本质上的诗人。这是对我的最高定位，最肯定。此评甚能正评二三首诗，但很有 P2

**稻香湖编辑部**

**DAO XIANG HU EDITORIAL DEPARTMENT**

代表性，评得很有美学的韵味，既讲了传统，又讲到了现代与发展前景。所以我们成为国家诗人。谢谢您的真诚评论。

惠俊编的这本书有诗，有论，又有国内外反响，估计下半年印出时寄上二本，请珍存批评。

我今年78岁，地处潍坊开发区，也想在晚年爱学到 P3

**稻香湖编辑部**

**DAO XIANG HU EDITORIAL DEPARTMENT**

一个偏远的农村住一段，过一段
真实人生生活。静下心来整理
点自己的东西。一直没找到机会。
但没放弃。请保重身体。

寄上二幅字，以示谢意。

祝

好

[illegible]

2017.5.30

P4

**中国国学诗书画研究院**

HINESE NATIONAL STUDIES POEM CALLIGRAPHY AND PAINTING RESEARCH INSTITUTE

陈福成老师：

去年收到"三世因缘书画集"记得当回复过信，转眼又一年了。时间过得真快，但留在时间上的脚印唯有诗、书、画了。您的诗词很有自己的见解，我也很喜欢。

去年被美国风笛网"惠伦总编"以慈善之心、花了不少时间

P1

中国国学诗书画研究院

CHINESE NATIONAL STUDIES POEM CALLIGRAPHY AND PAINTING RESEARCH INSTITUTE

从海外网上搜见了我的一个小诗
评，编了一本书曰"穿越诗空"
我拿上目录，和选了几首诗寄给
你。如果有你的邮箱就好了，
可转给你看全文。此书被推荐
到美国"诗天空"网，引起国际
性的反响，于是我请你看
看这几首乡土诗，能也写几句话
用几百字点评一下，我出书时 P2

中国国学诗书画研究院

CHINESE NATIONAL STUDIES POEM CALLIGRAPHY AND PAINTING RESEARCH INSTITUTE

发上。我觉得很好，不要好

意思。 祝

好 文字写好，再发我

邮箱：

ddshh2006@126.

com

王耀东

2017.3.6 P3

# 稻香湖编辑部

DAO XIANG HU EDITORIAL DEPARTMENT

P1

谭克诗的作家：

久不联系甚念。

前些时候报上登有台湾作家黄宝芝来山东访问我，同她及其她的爱人一块照的照片。还有附一个小简讯。什么时间你也来玩，日后我也约几个作家一块谈一下。

我有一本"名诗家点评诗"一书，包括一些名家包括台湾痖弦、余光中等不少诗人对我诗的点评。如果台湾有不收印刷费的出版社可在网上登出。不知能否帮我

**稻香湖编辑部**

DAO XIANG HU EDITORIAL DEPARTMENT

P2

这辑的书收讫。

另付第一幅字。请指导

祝

好

[illegible]

2016.12.5

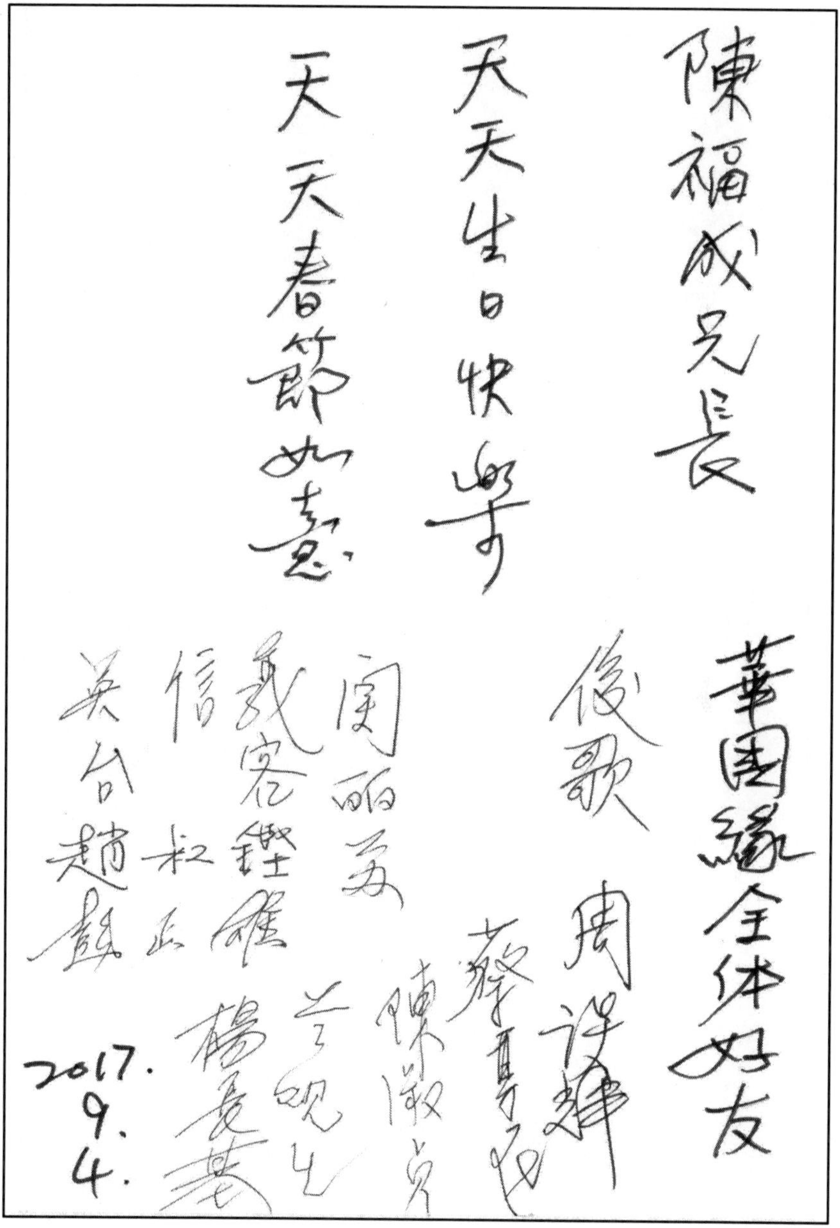
陳福成兄長
天天生日快樂
天天春節如意
華團緣全体好友
2017.
9.
4.

福成先生道鑒：近拜讀

大作「日本問題的終極處理」，此种熱血沸騰之傑作，實

為弟平生之首見，實令弟深感敬佩崇仰不止。

吾國自甲午喪師至今，大多國人对日產生恐日症，甚至

媚日症，如蔣介石、毛澤東均自願放棄对日賠償，實令人

困惑、扼腕太息。

常見報章雜誌有人倡言，对日侵華之暴行，國人可以寬

恕，但不可忘記，為何要寬恕。「太輕則度」，此只鼓勵

倭寇再侵華乎？

讀大作对國人有振聾發聵之效，「百餘年來，吾國民心

氣太消沉、太麻木，甚至忘記倭寇之血海深仇，全球

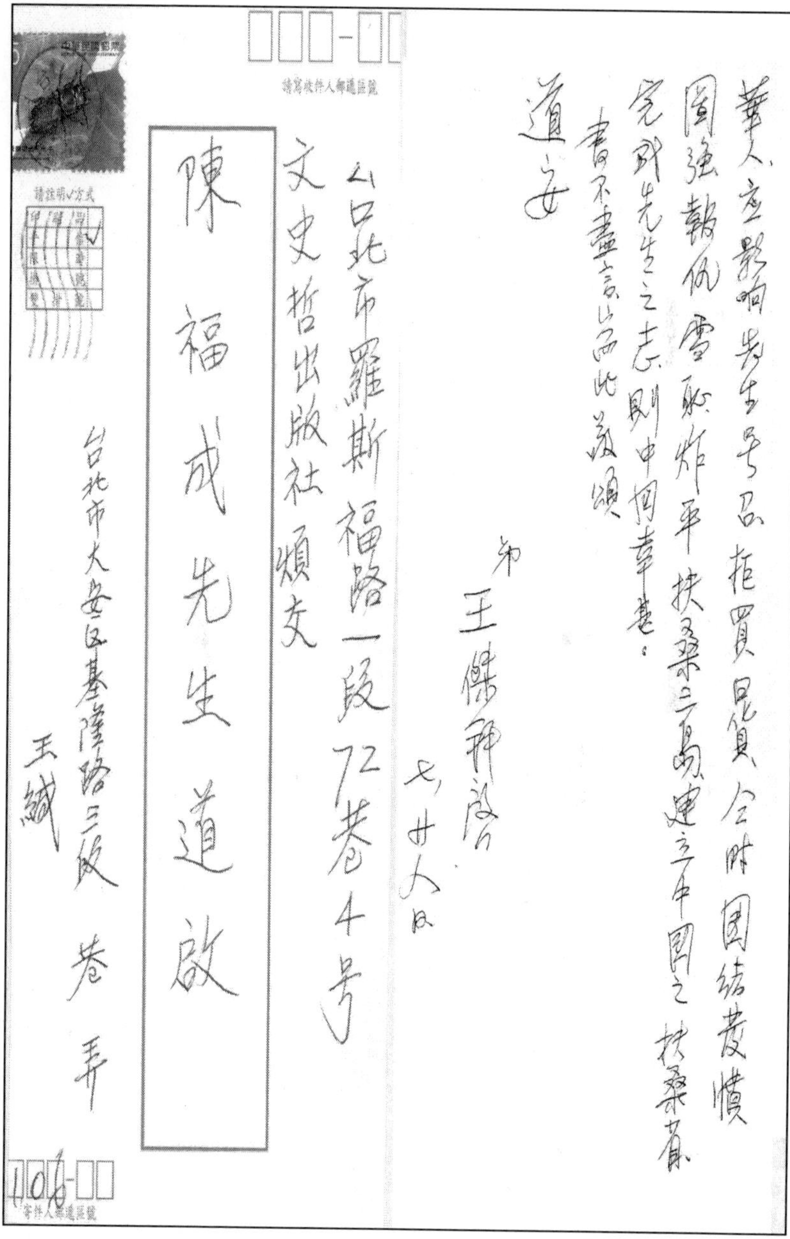

華人應響應先生号召拒買日貨，令時團結發憤圖強，數倍雪恥，炸平扶桑三島，建立中國之扶桑省，完成先生之志，則中國幸甚。
書不盡言，以此敬頌
道安
弟 王傑拜啓
七、廿八日

請寫收件人郵遞區號

台北市羅斯福路一段72巷4号
文史哲出版社 煩交
陳福成先生道啟

台北市大安区基隆路三段　巷　弄
王緘

106-
寄件人郵遞區號

# 輯　四　夢幻泡影的證據

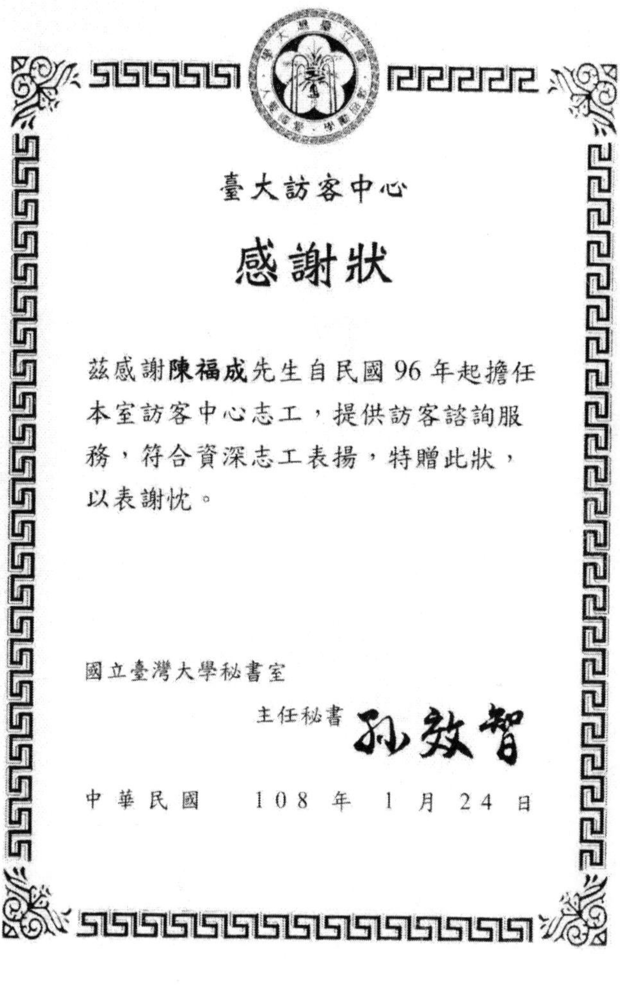

臺大訪客中心

## 感謝狀

茲感謝**陳福成**先生自民國96年起擔任本室訪客中心志工，提供訪客諮詢服務，符合資深志工表揚，特贈此狀，以表謝忱。

國立臺灣大學秘書室

主任秘書 孫效智

中華民國 108 年 1 月 24 日

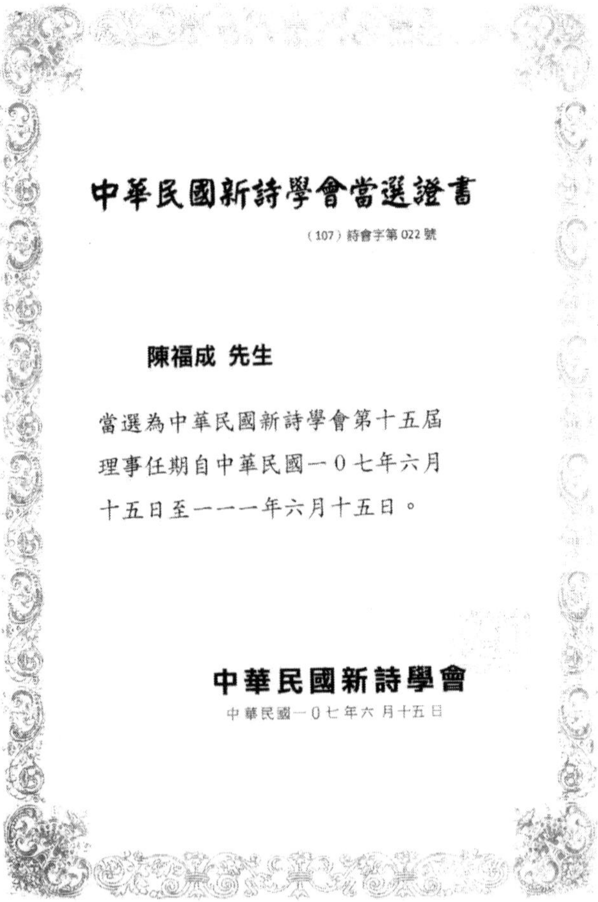

中華民國新詩學會當選證書

（107）詩會字第022號

**陳福成 先生**

當選為中華民國新詩學會第十五屆理事任期自中華民國一０七年六月十五日至一一一年六月十五日。

**中華民國新詩學會**

中華民國一０七年六月十五日

# 52年了（一）

時光的容顏
好神祕
52年怎麼過的
把一個人弄成
老朽
來不及示好
你的身影已然
絕塵而去

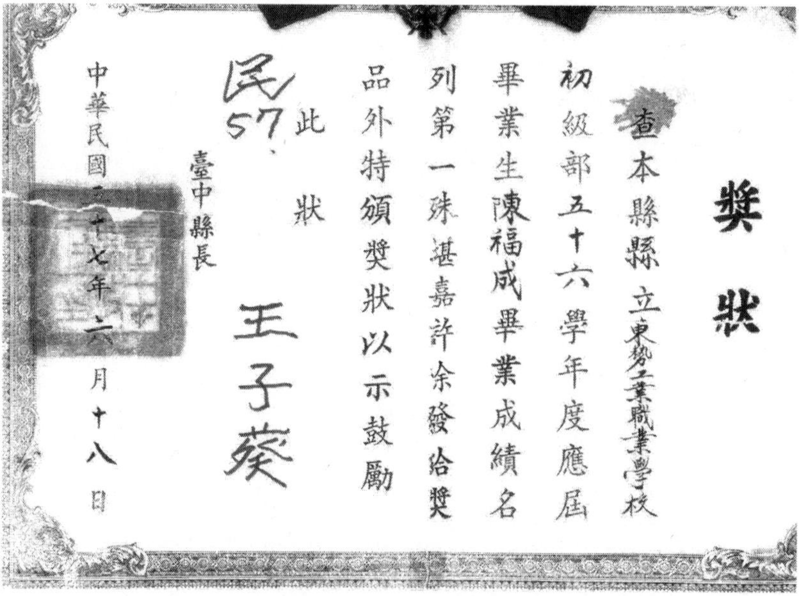
獎狀
查本縣縣立東勢工業職業學校
初級部五十六學年度應屆
畢業生陳福成畢業成績名
列第一殊堪嘉許除發給獎
品外特頒獎狀以示鼓勵
此狀
民57、
臺中縣長　王子癸
中華民國五十七年六月十八日

# 52年了（二）

看來
這52年
只是一首短詩
52個漫漫長夜
像一個眨眼
白駒過隙
匆匆一瞥
52年

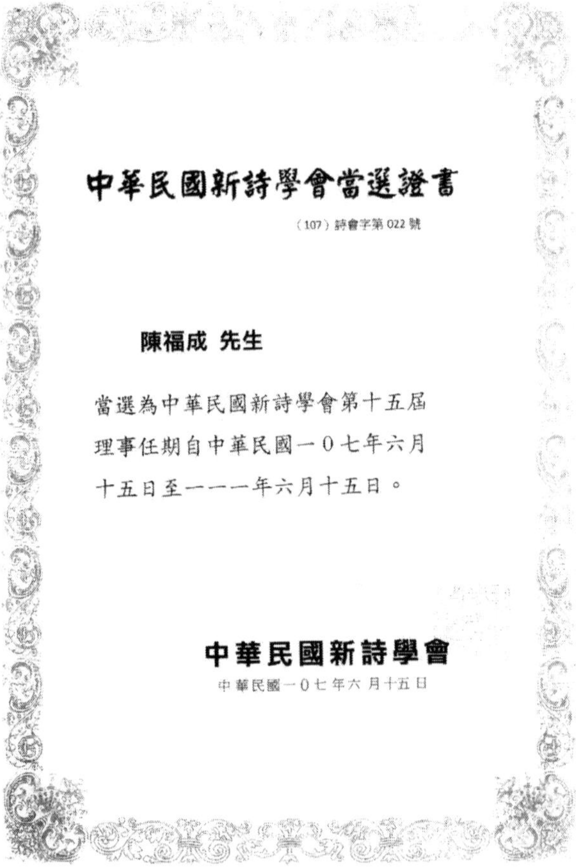

中華民國新詩學會當選證書

（107）詩會字第022號

陳福成 先生

當選為中華民國新詩學會第十五屆
理事任期自中華民國一０七年六月
十五日至一一一年六月十五日。

中華民國新詩學會

中華民國一０七年六月十五日

# 宇宙大爆炸的起點（一）

追尋原鄉
找到宇宙爆炸原點
就在這裡
陸官預備班十三期
由此開始
我的宇宙爆炸了
革命浪潮比天高

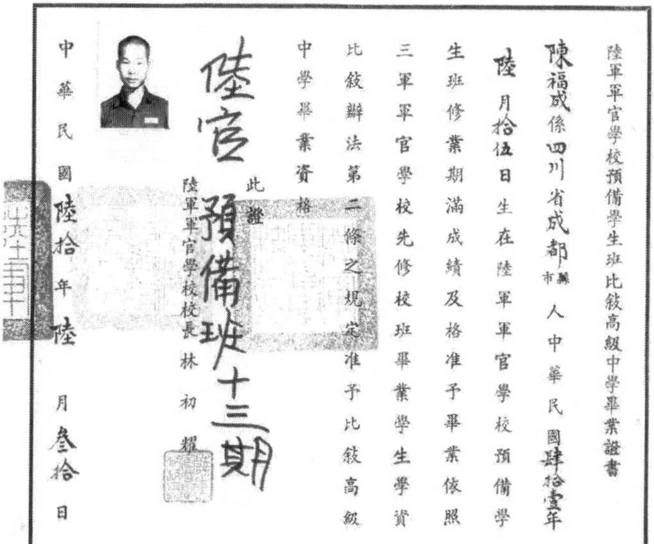

陸軍軍官學校預備學生班比敘高級中學畢業證書

陳福成係四川省成都縣市人中華民國肆拾壹年陸月拾伍日生在陸軍軍官學校預備學生班修業期滿成績及格准予畢業依照三軍軍官學校先修校班畢業學生學資比敘辦法第二條之規定准予比敘高級中學畢業資格

此證

陸軍軍官學校校長 林初耀

中華民國陸拾年陸月叁拾日

陸官預備班十三期

# 宇宙大爆炸的起點（二）

點燃革命之火
燒了半世紀
半世紀殤逝
爆炸之火不滅
燒掉了青春
沒有炸到半個敵人
只有演習的時候
自己人炸死了
自己人

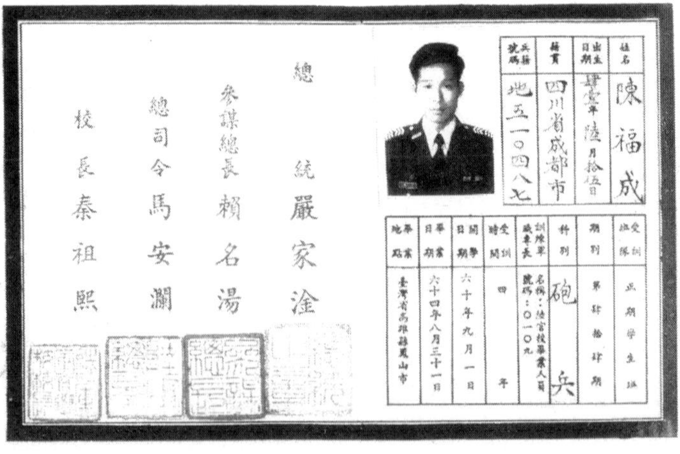

# 宇宙大爆炸的起點（三）

革命的火花
零星爆炸
小小的宇宙空間
容不下敵我兩陣營
乾脆化成一家人
沒想到房內也
爆炸起火

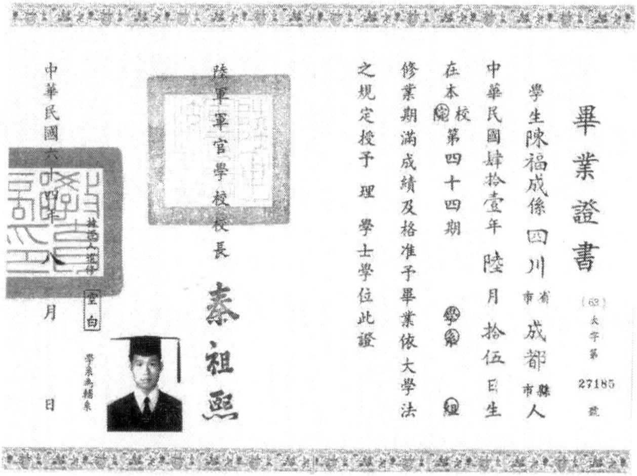
(63) 大字第 27185 號

畢業證書

學生陳福成係四川省市成都縣市人
中華民國肆拾壹年陸月拾伍日生
在本校第四十四期
修業期滿成績及格准予畢業依大學法
之規定授予理學士學位此證

陸軍軍官學校校長 秦祖熙

中華民國六十四年 月 日

# 宇宙大爆炸的起點（四）

為什麼大爆炸
始終在起點
沒有向前跨出半步
觴逝革命
革命觴逝
如今大爆炸之火
只剩一盞
將滅的燭火

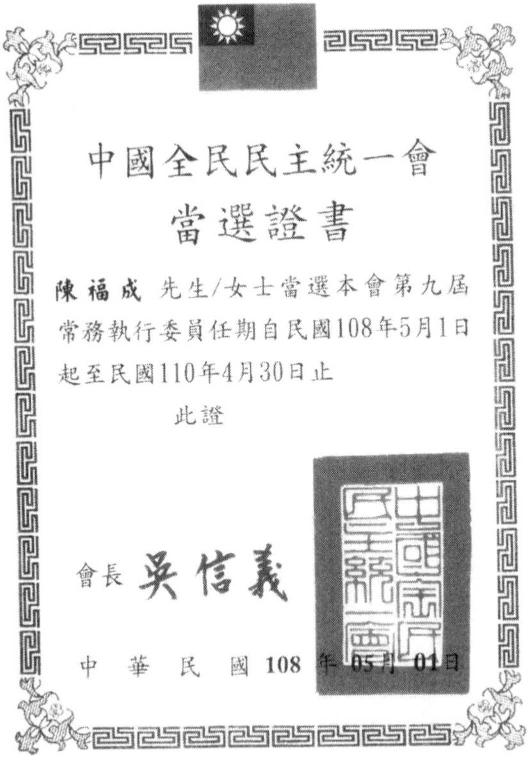
中國全民民主統一會
當選證書
陳福成 先生/女士當選本會第九屆
常務執行委員任期自民國108年5月1日
起至民國110年4月30日止
此證
會長 吳信義
中華民國108年05月01日

# 天上掉下來的（一）

許多東西從天上
掉下來
雨和飛機
或獎章
人生就是這麼回事
生和死
也會從天而降

陸軍獎章執照

(77)crossorigin 同有字第18975號

陸軍中校 陳福成 因工作勤奮
積滿三天功著有成績令依陸軍
獎章頒授辦法規定給與
景風甲種獎章一座合發
執照以資證明

國防部部長 鄭為元
參謀總長 陸軍一級上將 郝柏村
陸軍總司令 陸軍一級上將 黃幸強

中華民國七十七年十月十四日

獎章號碼一三四四六

# 天上掉下來的（二）

世間太多異形
也是從天上掉下來的
川普病毒
台獨偽政權
妓女與漢奸政權等
中國不產異形
鐵定都是從
天上掉下來

聘書

茲敦聘 陳福成 先生/女士 擔任

市議員參選人 耿葳 競選台北市

第13屆市議員競選總部 顧問，祈請

全力輔選勝利成功，敬頒此狀

榮譽主任委員 吳敦義
名譽主任委員 金恩慶
賴士葆
蔣乃辛
蔣萬安
厲耿桂芳

第十三屆臺北市議員候選人耿葳競選總部印

中華民國一〇七年九月

# 追一顆梅花（一）

我在追一顆梅花
梅花跑給我追
風又吹走它
梅花長翅膀
飛上山頭
只能望梅止渴
追一顆梅花
比追女人難

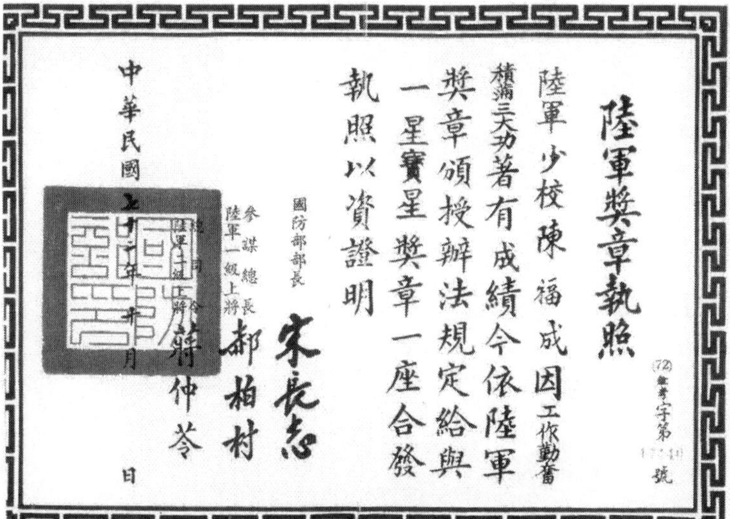
(72) [illegible]字第 [illegible] 號

陸軍獎章執照

陸軍少校陳福成因工作勤奮積滿三大功著有成績令依陸軍獎章頒授辦法規定給與一星寶星獎章一座合發執照以資證明

國防部部長 宋長志
參謀總長 陸軍一級上將 郝柏村
陸軍總司令 陸軍二級上將 蔣仲苓

中華民國 [illegible] 年 [illegible] 月 日

# 追一顆梅花（二）

梅花跑得比人快
他有七情六慾
又愛喝酒
好酒好菜侍候
不久，一顆梅花
從天上掉下來
我頓悟
梅花不是用追的

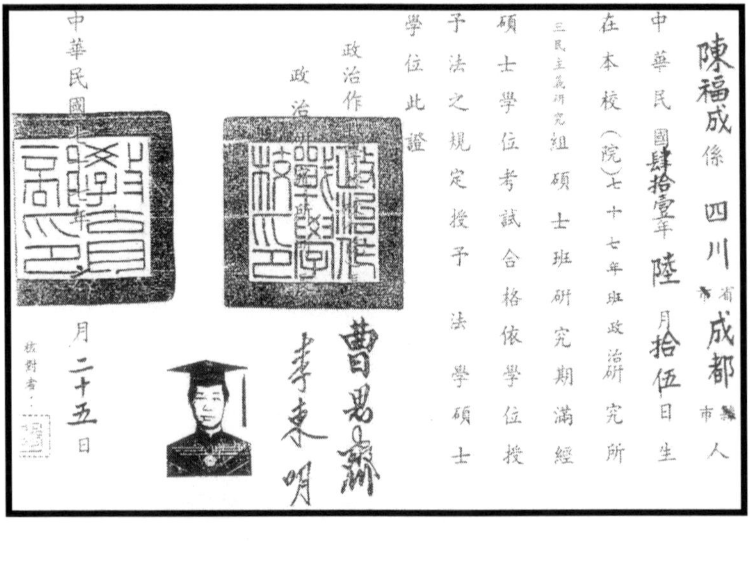
陳福成係 四川 省 成都 市人
中華民國肆拾壹年 陸 月 拾伍 日生
在本校（院）七十七年班政治研究所
三民主義研究組 碩士班研究期滿經
碩士學位考試合格依學位授
予法之規定授予 法 學碩士
學位此證
政治作戰學校校長 曹思齊
政治研究所所長 李東明
中華民國七十七年 月二十五日
核對者：

# 等一個夢（一）

大家都在等一個夢
蔣經國、俞國華
汪道淵、劉垕
不是嗎？
我也是
台北滿城飛花
心想夢快實現了

勳章證書
（七五）綦均字第〇二三五八號
茲以陸軍中校陳福成
忠誠勤敏卓著勳勞特頒
忠勤勳章以昭懋賞此證
總統　蔣經國
行政院長　俞國華
國防部部長　汪道淵
典璽官　劉垕
中華民國七十五年十二月三十一日

# 等一個夢（二）

我等的夢
許多中國人已經
等了二百年
我向西看出一片白
又北望
有希望正在成形
是中國夢

中國文藝協會聘書

（108）文協字第9號

理事 陳福成 先生/女士

茲敦聘為中國文藝協會第三十三屆理事
任期自中華民國一〇八年五月四日至一一一年五月三日

中國文藝協會

# 等一個夢（三）

理想要努力實現
夢只能等待
等待大漢奸早死
（他已死）
我歡喜
全島放鞭炮祝賀
許多人等這個夢

國軍軍事著作金像獎證書
查陳福成著作之基層單位人員管教之我見
一書經本部評定獲選第十二屆軍
事著作人事類佳作獎特頒
贈獎牌壹座暨獎金新台幣貳
萬圓以表揚獎勉對軍事學術
之卓越貢獻與優異成績
參謀總長 陸軍一級上將 郝柏村
中華民國 九月廿七日

## 島殤

爛島太亂了
又太黑
所有不黑不亂的
都活不下去
想活的
逃向中原吧

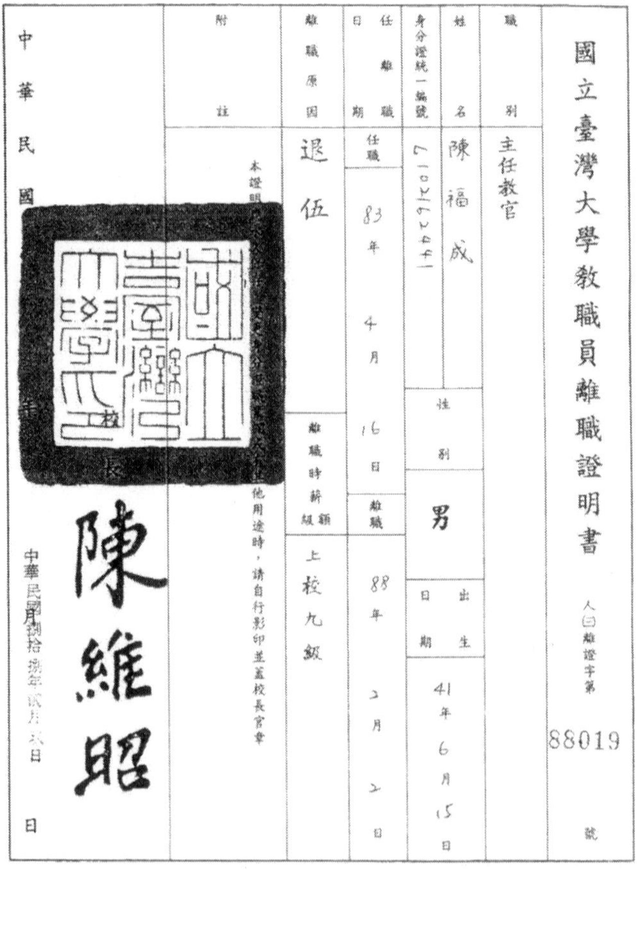

國立臺灣大學教職員離職證明書

人(三)離證字第 88019 號

| 職別 | 姓名 | 身分證統一編號 | 任離職日期 | 離職原因 | 附註 |
| --- | --- | --- | --- | --- | --- |
| 主任教官 | 陳福成 | A102162441 | 任職 83年4月16日 | 退伍 | 本證明書……他用途時，請自行影印並蓋校長官章 |
| 性別 男 | | | 離職 88年2月2日 | 離職時薪級額 上校九級 | |
| 出生日期 41年6月15日 | | | | | |

校長 陳維昭

中華民國捌拾捌年貳月貳日

## 這裡還有文化嗎

沈淪的島嶼
由一個妓女當領導
管理者都是土匪
小學開始教育
可隨地交配
禽獸社會
尚有文化嗎？

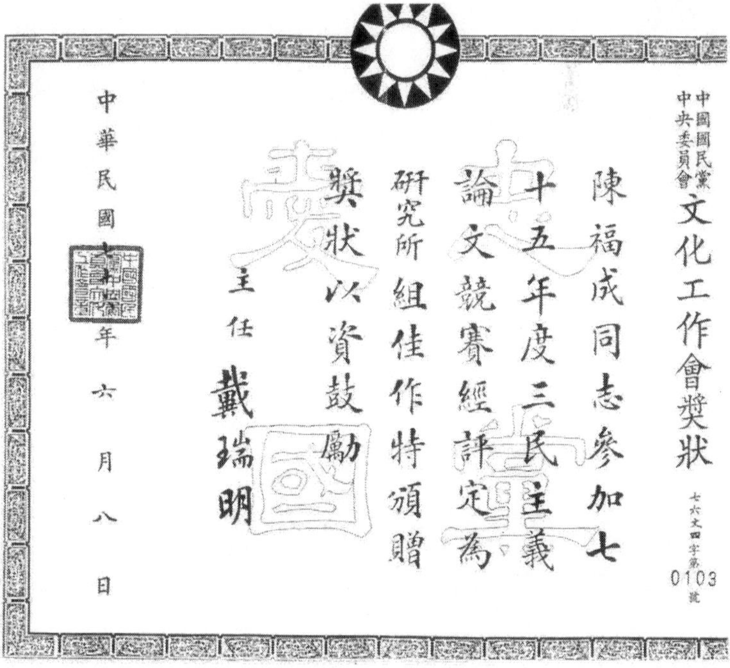
中國國民黨中央委員會 文化工作會獎狀

七六文四字第0103號

陳福成同志參加七十五年度三民主義論文競賽經評定為研究所組佳作特頒贈獎狀以資鼓勵

主任 戴瑞明

中華民國七十六年六月八日

# 大不幸

前世造的業
為什麼我的碩士證書
由大漢奸發落
真是人生大不幸
不幸的時代
不幸的島嶼
不幸的人民
不醒的不幸是謂
大不幸

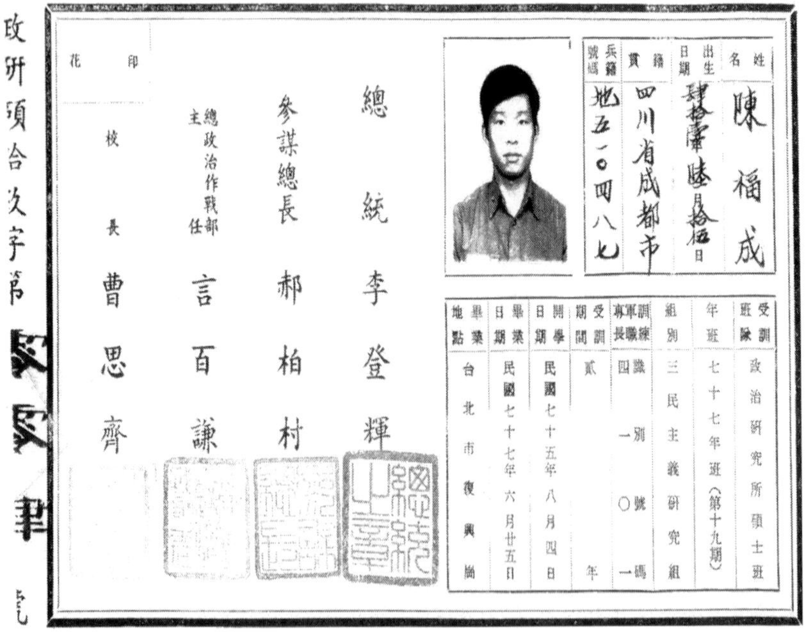
政研碩合次字第 [illegible] 號

| 姓名 | 出生日期 | 籍貫 | 兵籍號碼 |
| --- | --- | --- | --- |
| 陳福成 | 肆拾肆年陸月拾伍日 | 四川省成都市 | 地五一〇四八七 |

| 受訓隊班 | 年班 | 組別 | 訓練軍職專長 | 受訓期間 | 開學日期 | 畢業日期 | 畢業地點 |
| --- | --- | --- | --- | --- | --- | --- | --- |
| 政治研究所碩士班 | 七十七年班（第十九期） | 三民主義研究組 | 識別號碼 四一〇一 | 貳年 | 民國七十五年八月四日 | 民國七十七年六月廿五日 | 台北市復興崗 |

總統 李登輝
參謀總長 郝柏村
總政治作戰部主任 言百謙
校長 曹思齊
印花

# 你們都走了

曾經是一座大山頭
我們只能遠望
劉總長、葉校長
王院長
你們都走了
知道嗎
現在島嶼如糞之臭

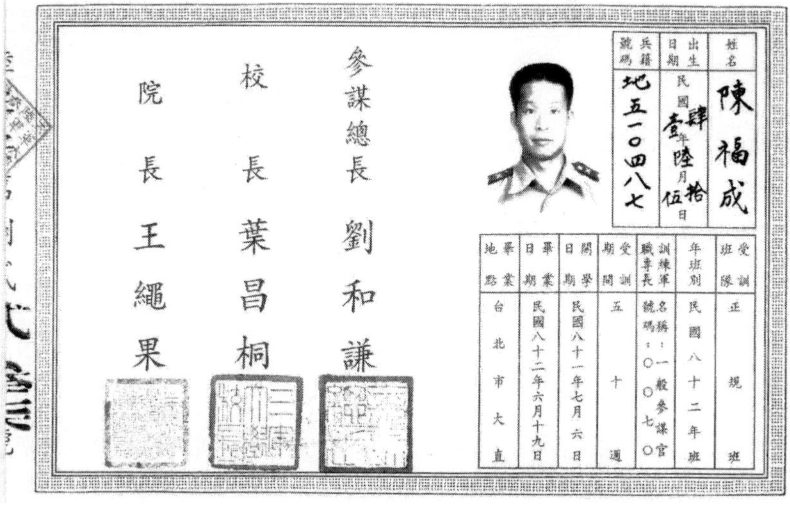

姓名：陳福成
出生日期：民國肆壹年陸月拾伍日
兵籍號碼：地五一〇四八七

| 受訓班隊 | 年班別 | 訓練軍職專長 | 受訓期間 | 開學日期 | 畢業日期 | 畢業地點 |
| --- | --- | --- | --- | --- | --- | --- |
| 正規班 | 民國八十二年班 | 名稱：一般參謀官 號碼：〇〇七〇 | 五十週 | 民國八十一年七月六日 | 民國八十二年六月十九日 | 台北市大直 |

參謀總長 劉和謙
校長 葉昌桐
院長 王繩果

# 獎章能當飯吃

工作勤奮
積滿三大功有個屁用
無益於國家統一
何用於中華民族復興
實現我的中國夢
唯一的好處
增加退休金
獎章能當飯吃

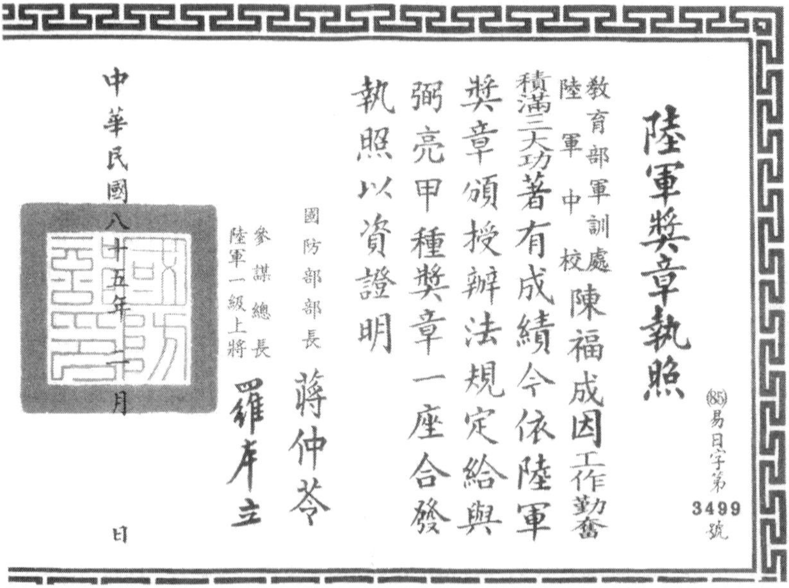

(85)易日字第3499號

陸軍獎章執照

教育部軍訓處
陸軍中校陳福成因工作勤奮
積滿三大功著有成績令依陸軍
獎章頒授辦法規定給與
弼亮甲種獎章一座合發
執照以資證明

國防部部長 蔣仲苓
參謀總長 陸軍一級上將 羅本立

中華民國八十五年十一月 日

# 天下之殤

人生最無奈事
是碰到
奸人當道
你又不想當走犬
如這位大漢奸
頒勳給我
天下之殤
莫此為甚

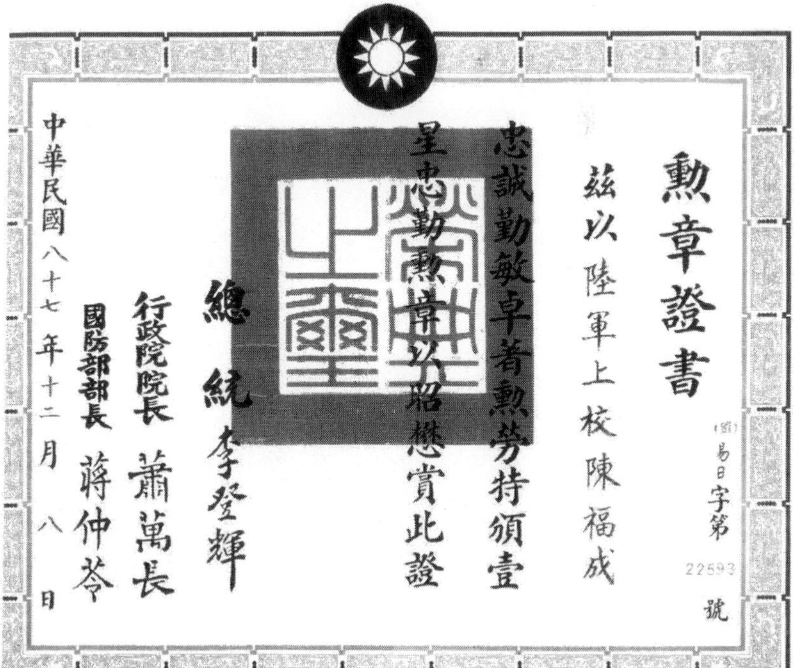
易日字第22593號

勳章證書

兹以陸軍上校陳福成
忠誠勤敏卓著勳勞特頒壹
星忠勤勳章以昭懋賞此證

總統　李登輝
行政院院長　蕭萬長
國防部部長　蔣仲苓

中華民國八十七年十二月八日

# 天下之觴

此生追求
中國之富強統一
奈何島嶼沈淪
至少當了全統會顧問
為現在中國崛起
深值觴詠
天下共觴

中國全民民主統一會

聘書

茲敦聘

陳福成先生為本會第八屆顧問

任期自民國105年4月1日起至民國108年3月31日止

此聘

會長 吳信義

中華民國 105 年 04 月 01 日

# 夢見妳（一）

過了做夢的年齡
還有夢
且夢見妳
乘月之光波而來
從西窗入
在我枕邊
說了一夜情話

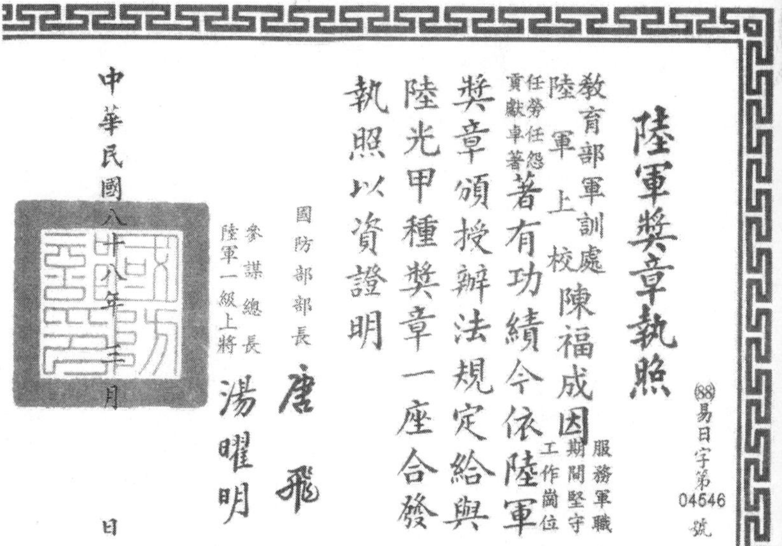

陸軍獎章執照

(88)易日字第04546號

教育部軍訓處
陸軍上校陳福成因服務軍職期間堅守工作崗位任勞任怨貢獻卓著著有功績令依陸軍
獎章頒授辦法規定給與
陸光甲種獎章一座合發
執照以資證明

國防部部長　唐飛
參謀總長
陸軍一級上將　湯曜明

中華民國八十八年十二月　日

# 夢見妳（二）

一夜情話
是夢非夢
真的有證據
檢視夢的味道
竟殘留一抹幽香
妳在何處
盼妳
今夜入夢

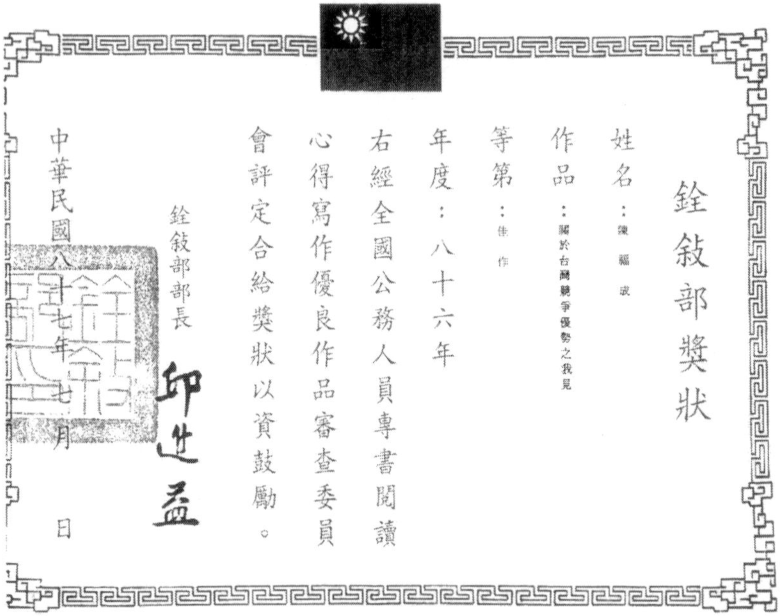

銓敘部獎狀

姓名：陳福成
作品：關於台灣競爭優勢之我見
等第：佳作
年度：八十六年
右經全國公務人員專書閱讀心得寫作優良作品審查委員會評定合給獎狀以資鼓勵。

銓敘部部長 邱進益

中華民國八十七年七月 日

# 人老了做什麼？（一）

人老行動力弱
做什麼最好
做夢最佳
天馬行空想妳
想她
想夢中情人
進行腦部運動
有什麼不好？

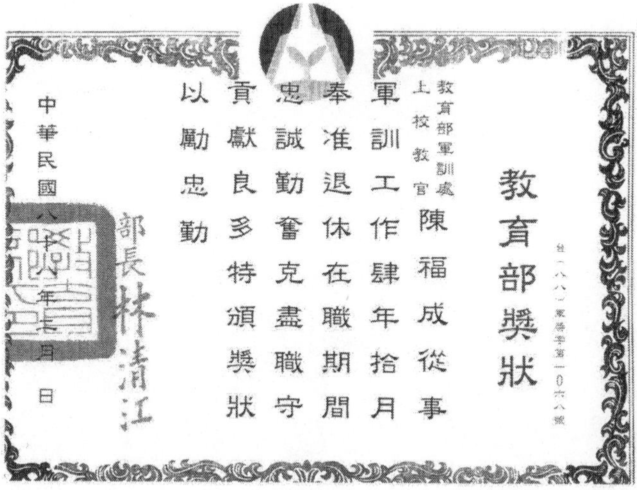

台（八八）軍獎字第一〇六八號

教育部獎狀

教育部軍訓處
上校教官 陳福成從事
軍訓工作肆年拾月
奉准退休在職期間
忠誠勤奮克盡職守
貢獻良多特頒獎狀
以勵忠勤

部長 林清江

中華民國八十八年七月 日

# 人老了做什麼？（二）

做夢的世界
無限寬廣
你活在你的世界
我活在我的宇宙
我的宇宙
由我統治
就是那黑白無常
亦無權干涉

# 人老了做什麼？（三）

老人家
白天當做白日夢
夜晚當做美夢
想夢中情人
才能詩創作
詩，就是
做夢殘留的
證據

台灣向前行
台灣一定贏

聘書

謹聘　陳福成　先生/女士

擔任　馬英九 蕭萬長　競選中華民國第十二任　總統 副總統
全國中小企業挺馬蕭喜福後援會　會長

讓我們：
智勇雙全、齊心一志、躍馬向前；
以民為念、致力道義、重現藍天！
此聘

總統候選人　馬英九
副總統候選人　蕭萬長

中華民國九十七年元月卅日

# 人老了做什麼？（四）

老人最適合寫詩
體力差
腦子常不清醒
成天如夢如醉
這是種詩的環境
李白詩如是誕生
白髮三千丈
即夢之殘留物

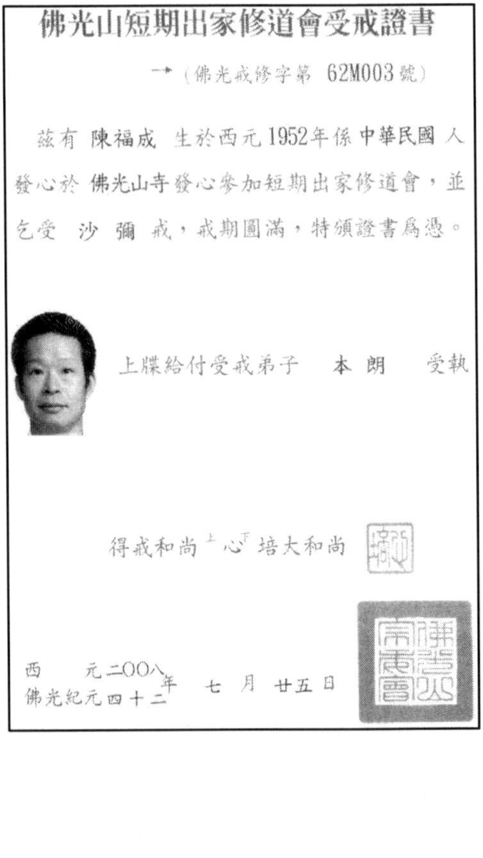

佛光山短期出家修道會受戒證書

（佛光戒修字第 62M003號）

茲有 陳福成 生於西元1952年係 中華民國 人
發心於 佛光山寺發心參加短期出家修道會，並
乞受 沙 彌 戒，戒期圓滿，特頒證書爲憑。

上牒給付受戒弟子 本 朗 受執

得戒和尚 上心下培大和尚

西元二〇〇八年 七 月 廿五日
佛光紀元四十二年

# 人老了做什麼？（五）

人老了
千萬別想著要發財
要找個小三啦
那是災難
只要做夢作詩
一切都在夢與詩中
多麼自在幸福
夢與詩讓人
永不老

佛光
BLIA

國際佛光會中華總會聘書

佛光定 聘字第 09204637 號

茲敦聘 陳福成 居士

為本會 台北教師第一分會 委員

聘期：自 2009 年 1 月 1 日起
至 2010 年 12 月 31 日止

此聘

國際佛光會中華總會

總會長 釋心定

西元 2009 年 1 月 1 日
佛光紀元 43

# 人老了做什麼？（六）

你年輕時
很多理想未實現
統一中國
打倒美帝
都是一場空
現在用夢與詩完成之
做做夢、寫入詩
老祖宗常說
有心就好

國際佛光會中華總會聘書

佛光 伶 聘字第 1910138 號

茲敦聘　陳福成　居士

為本會　台北教師第一分會　組長

聘期　自 2019 年 1 月 1 日 起
　　　至 2020 年 12 月 31 日 止

此聘

總會長　趙怡

西元 2019 年 1月 1日
佛光紀元 53 年

# 人老了做什麼？（七）

人老了，你不干心
復興基地變成
漢奸島
別灰心
在夢中罵
台獨偽政權
在詩裡罵大漢奸
你彰顯春秋大義

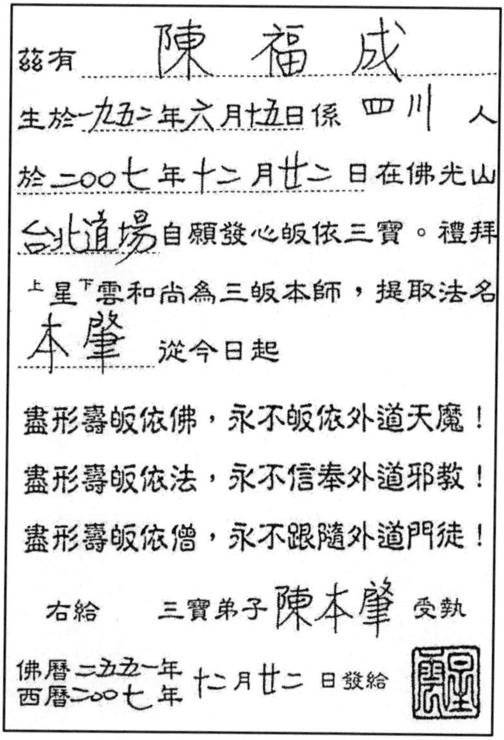
茲有　陳福成
生於一九五二年六月十五日係　四川　人
於二〇〇七年十二月廿二日在佛光山
台北道場自願發心皈依三寶。禮拜
上星下雲和尚為三皈本師，提取法名
本肇　從今日起
盡形壽皈依佛，永不皈依外道天魔！
盡形壽皈依法，永不信奉外道邪教！
盡形壽皈依僧，永不跟隨外道門徒！
右給　三寶弟子陳本肇受執
佛曆二五五一年
西曆二〇〇七年　十二月廿二日發給

# 如是我聞（一）

如是我聞
回想當年
二〇〇三年元月八日
我在台灣大學
應台大教授聯誼會邀
在第一會議室
講經說法
百萬人天眾生都來聽

FACULTY ASSOCIATION OF NATIONAL TAIWAN UNIVERSITY

台大教授聯誼會

台大教授聯誼會
FACULTY ASSOCIATION OF NATIONAL TAIWAN UNIVERSITY

學術演講活動

講　題：兩岸關係發展與變局
主講人：陳福成教官（軍訓室）
主持人：江簡富教授（電機系）
活動時間:：92/01/08（星期三）
AM 9：30-11：00
活動地點： 行政大樓第一會議室

# 如是我聞（二）

諸佛、菩薩、人天
以及
地上覓食的螞蟻
屋角的蜘蛛、蟑螂
附近歌唱的小鳥等
無數百萬眾生
都來聞法
聽我講兩岸之大經

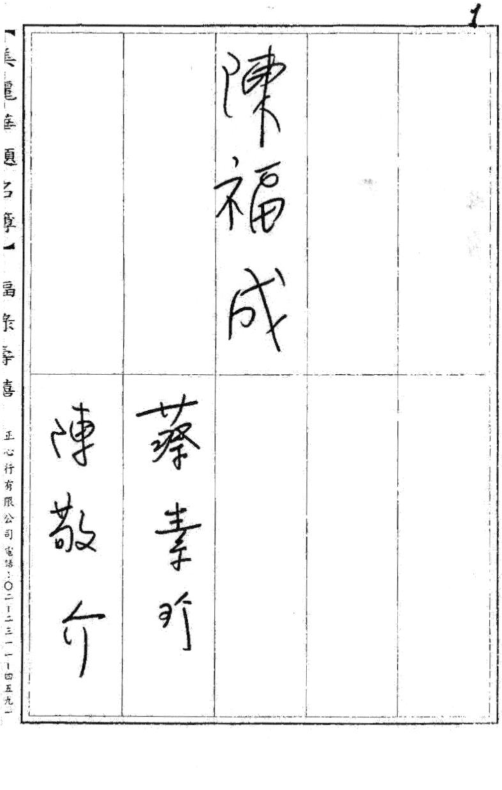

# 如是我聞（三）

第一會議熱鬧非凡
儼然是鬼子母講堂
一眼望出如
三千大世界之無邊
眼看都是佛、菩薩
我說法之音
傳向無限遠之佛國

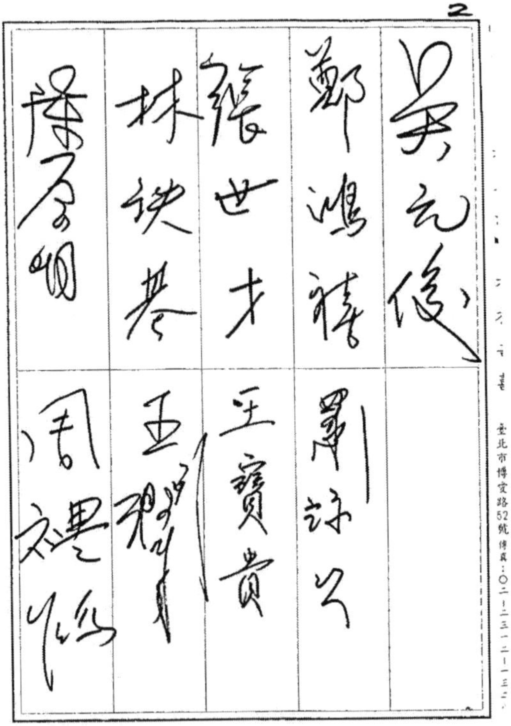

# 如是我聞（四）

如是我說
兩岸之大經大法
急獨急統
緩獨緩統
不獨亦統
並無別途
中國的歷史走向
終歸統一

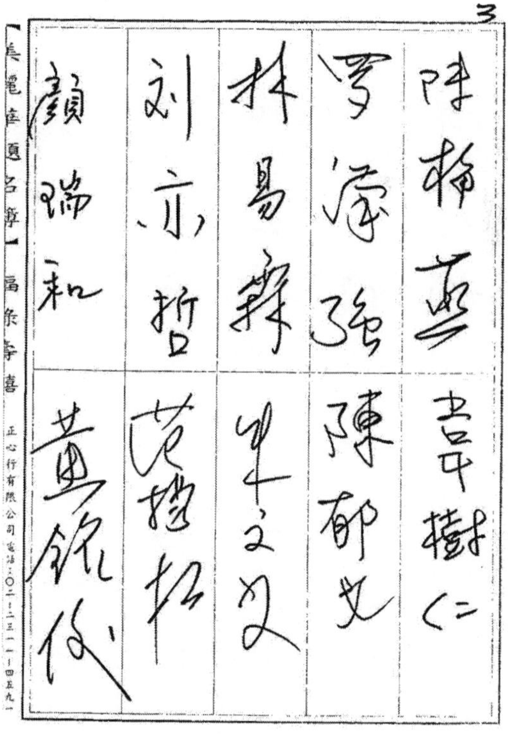

# 如是我聞（五）

如是我見我聞
今台獨偽政權
去中國化
與美帝為伍
出賣中華民族利益
乃炎黃不孝子孫
罪過！罪過！

# 如是我聞（六）

今中國之崛起
民族復興
西方白種之衰落
美帝之分裂衰亡
都已成勢
不可逆
廿一世紀
已是中國人的世紀

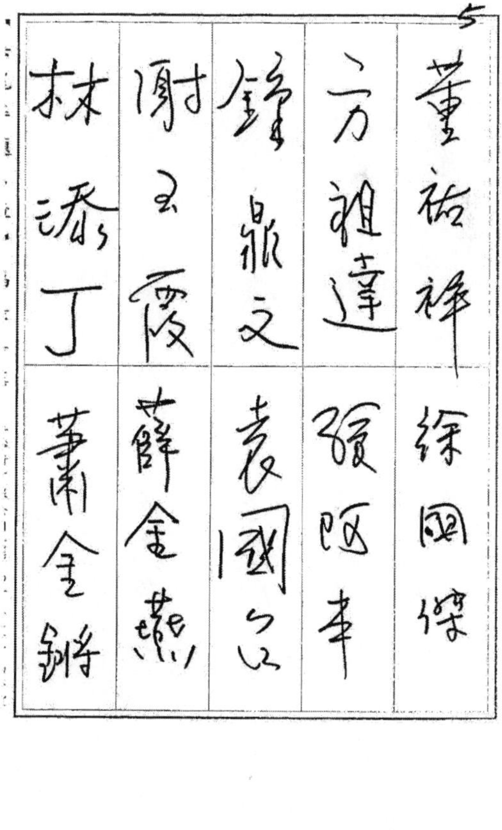

# 如是我聞（七）

我說兩岸之大法
中國歷史發展之大經已
台大人及親朋好友
諸佛菩薩百萬眾生
皆大歡喜
作禮而去
為中國之統一加持

# 人老該做

人老了
做夢作詩最好
腦子多動
揮灑美夢
有心就好
做夢作詩
老人健康快樂

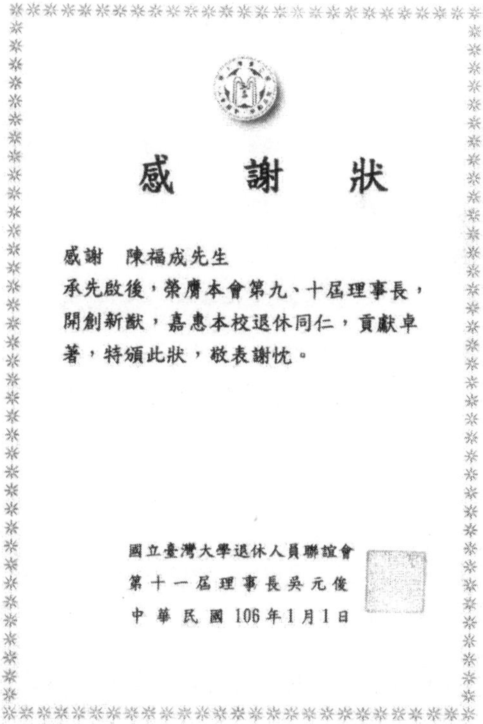

感謝狀

感謝 陳福成先生
承先啟後，榮膺本會第九、十屆理事長，開創新猷，嘉惠本校退休同仁，貢獻卓著，特頒此狀，敬表謝忱。

國立臺灣大學退休人員聯誼會
第十一屆理事長吳元俊
中華民國106年1月1日

# 我喜歡（一）

我喜歡作詩
詩中有溫度
溫存汝心
有詩在手中握著
比抱女人好
不會出問題
比抓著錢好
沒有臭味

中華民國新詩學會
Chinese Poetry Society　ELECTION CERTIFICATE
當選證書　(104)中詩字第038號

陳 福 成　先生／女士
當選中華民國新詩學會第十四屆　　理事
任期自民國一0四年一月二日至一0八年一月一日
此證

中 華 民 國 新 詩 學 會
中華民國新詩學會會員大會

中華民國一0四年一月二日

# 我喜歡（二）

所以我喜歡
織夢作詩
在詩中罵漢奸
不犯法
批台獨偽政權
這詩就
永生不死
流傳千百世

中華民國大專院校退休同仁協會

理監事當選證書

陳福成先生經第三屆會員
大會選舉當選為本會第三
屆候補理事
任期自一〇五年一月十二日
至一〇八年一月十一日

此證

理事長 李久先

中華民國一〇五年五月五日

## 我喜歡（三）

我喜歡作詩
還有很多原因
詩可隨你所願
可用石頭釀酒
煮雲成飯
煎雪醉飲
好處多多
全在詩中實現

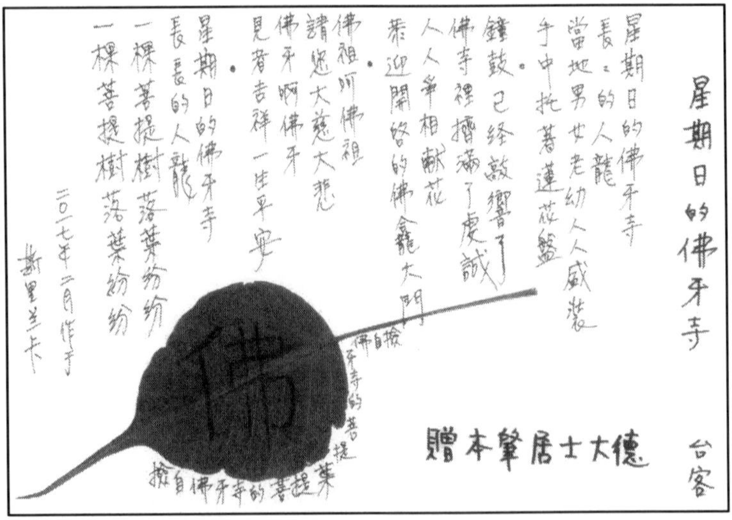
星期日的佛牙寺
星期日的佛牙寺
長長的人龍
當地男女老幼人人盛裝
手中托著蓮花盤
鐘鼓已經敲響了
佛寺裡擠滿了虔誠
人人爭相獻花
恭迎開啟的佛龕大門
佛祖啊佛祖
請您大慈大悲
佛牙啊佛牙
見者吉祥一生平安
星期日的佛牙寺
長長的人龍
一棵菩提樹落葉紛紛
一棵菩提樹落葉紛紛
二〇一七年二月作于
斯里兰卡
佛
撿自佛牙寺的菩提葉
贈本肇居士大德
台客

# 我喜歡（四）

喜歡作詩
可以吹牛不犯法
騙死人不償命
白髮三千丈
黃河之水天上來
富比世拍賣我的詩
一首一萬

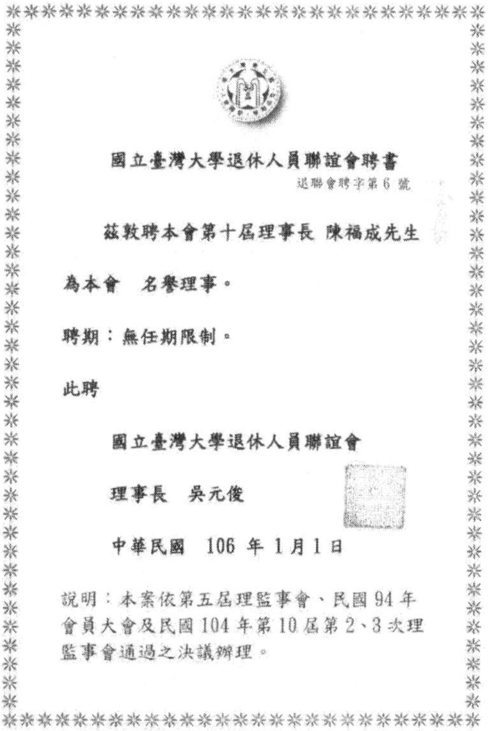

國立臺灣大學退休人員聯誼會聘書

退聯會聘字第6號

茲敦聘本會第十屆理事長 陳福成先生

為本會　名譽理事。

聘期：無任期限制。

此聘

國立臺灣大學退休人員聯誼會

理事長　吳元俊

中華民國　106 年 1月1日

說明：本案依第五屆理監事會、民國94年會員大會及民國104年第10屆第2、3次理監事會通過之決議辦理。

# 我喜歡（五）

就在昨天
富比世拍賣我的詩
一首一萬人民幣
這是真的
寫在詩中
詩是這樣寫
這樣誕生的
我和李白一樣
有詩人的真性情
從不騙人

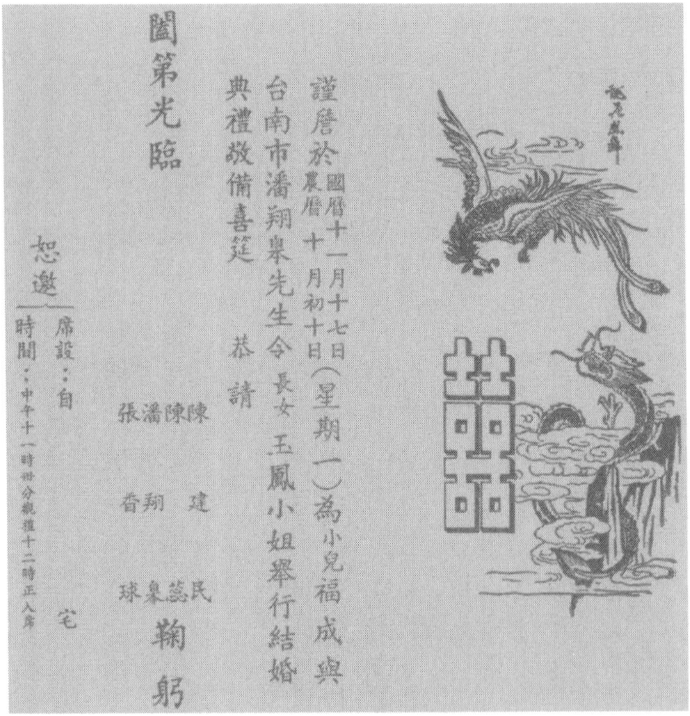
謹詹於國曆十一月十七日（星期一）為小兒福成與
農曆十月初十日
台南市潘翔臯先生令長女玉鳳小姐舉行結婚
典禮敬備喜筵　恭請
闔第光臨
陳建民
陳蕊
潘翔臯
張香球　鞠躬
恕邀
席設：自宅
時間：中午十一時卅分就位十二時正入席

# 輯　五　尚未碎為微塵的證據

>魁星阁
灌县古城崇尚文风的历史见证。
成都市邮政函件广告局发布 12-510181-11-0010-003

2013臺大
臺大
敦品勵學
愛國愛人
1928創校
成立於2005年
臺大訪客中心

## 出離心

我心要放在哪裡
不住色聲香味觸法
欲出離
出離紅塵
有一天
我將出離地球
永在佛國不回來

# 生命教育

教育眾生
一花一世界
一葉一如來
一切有為法
如夢幻泡影
如露亦如電
應作如是觀

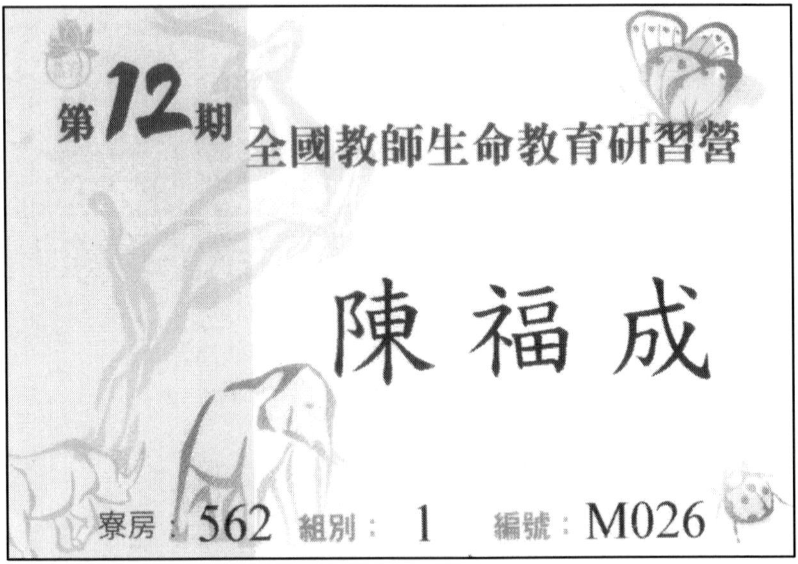

# 出家修道

放下一切身外物
化粧品也不要
一顆清心
一身素顏
在靈山
聽經聞法
把自己坐成一朵蓮花

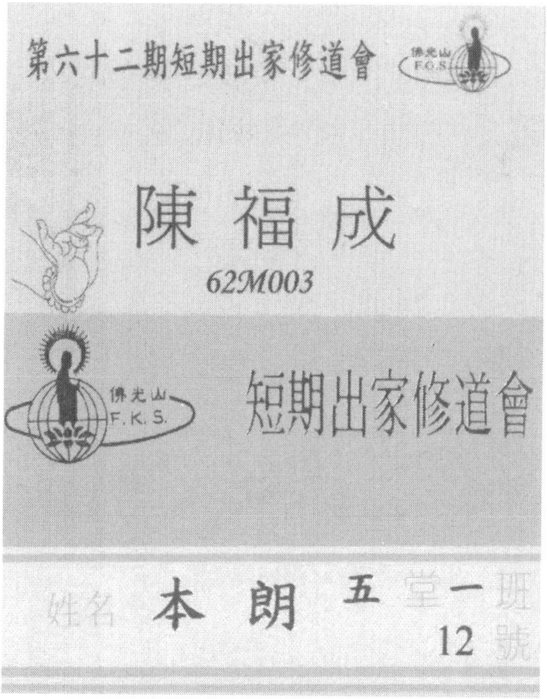

## 有多近？

修行
從家出離
到靈山
或從此岸到彼岸
有多遠
或有多近？
或根本無去亦
無來

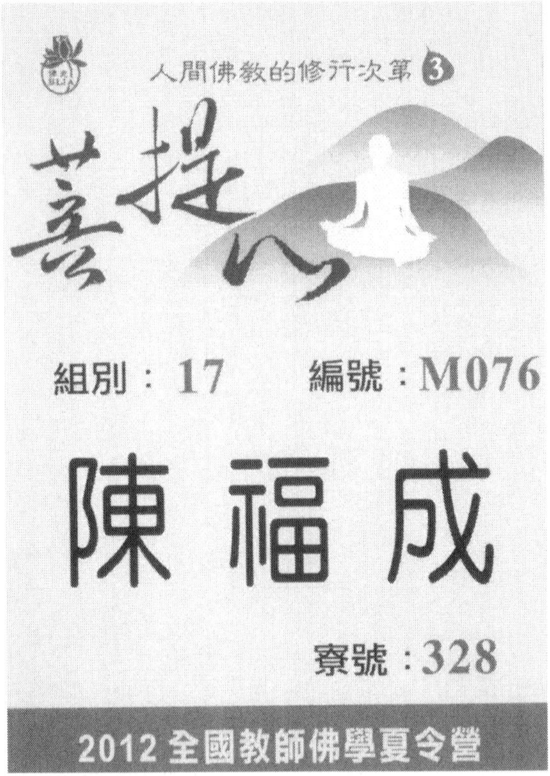

# 禪坐

閉目端坐
我的心卻對我造反
他不坐、我坐
心飛出窗櫺
讓我坐不住
原來要管住一顆心
確實不易

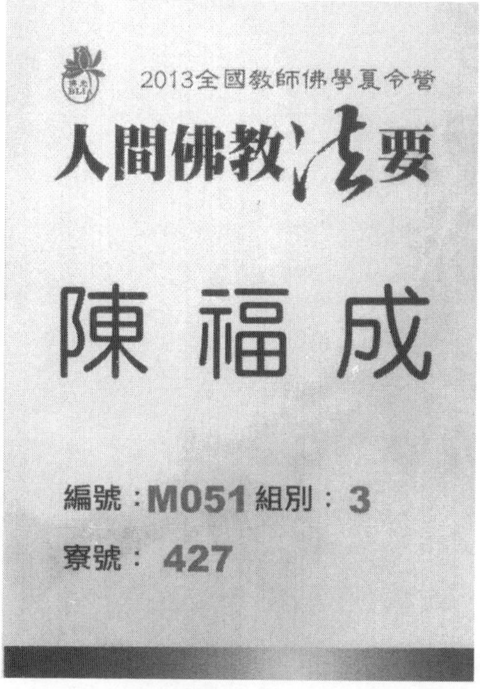

# 與眾菩薩共用餐（一）

到佛光山
參加佛學夏令營
天天與菩薩共用餐
每到用餐時間
山上各菩薩眾
與我等皆排班
過堂，體現
平等法門

# 與眾菩薩共用餐（二）

到佛光山
所見皆菩薩
心存正念過堂
食存五觀：
計功多少，量彼來處
忖己德行，全缺應供
防心離過，貪等為宗
正事良藥，為療形枯
為成道業，應受此食

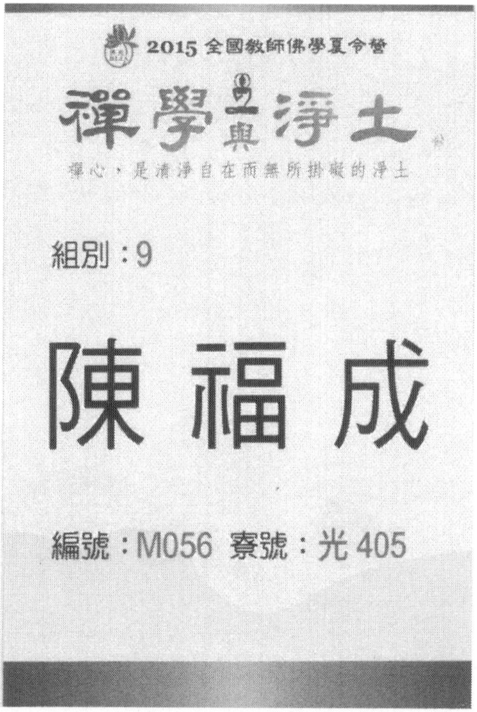

# 佛國在此

許多人求往佛國
佛國不遠
就在佛光山
天堂亦在此
看來大家不必
捨近求遠
淨土就在附近
有心便在心上

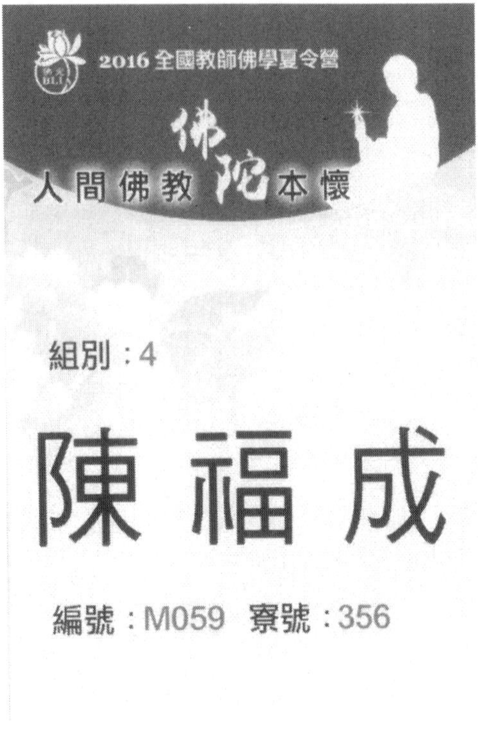

# 財富五家共有（一）

我每天抱著詩
也抱著詩睡覺
為何？
抱詩最安全
抱女人很危險
抱著財富不放
眾生皆逃亡
所以不要抱著財富

# 財富五家共有（二）

錢財都長了腳
有的長翅膀
很快跑光光
因為錢財是五家共有
抱著詩最保險
你的創作
誰都搶不走
永久歸你所有

# 都在趕考

眾生都在忙
群鳥馱著夕陽
進京趕考
日月追趕
你我盲忙茫
時間考你
烤你身心

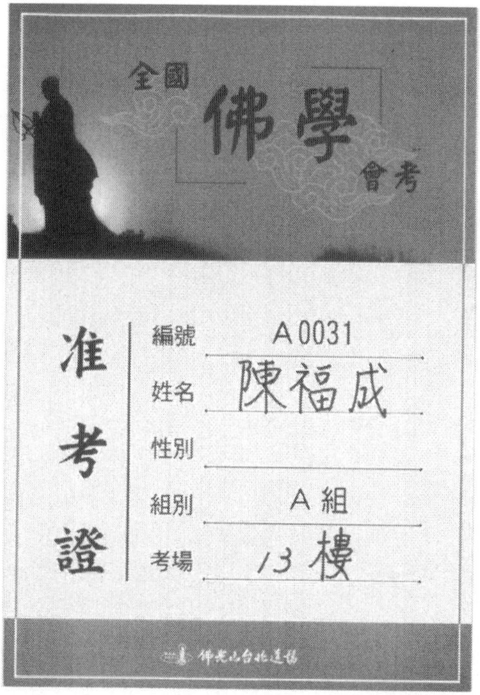

## 縴夫

馱著日月的重擔
劃開江河
成為神農溪
最神聖的風景
並將三皇五帝後的
二十四朝代
牽連成一線

# 你回家了

當年，長江黃河水
向南奔流
你被沖到這南蠻
半個多世紀
他鄉終非家鄉
現在，你
終於回家了

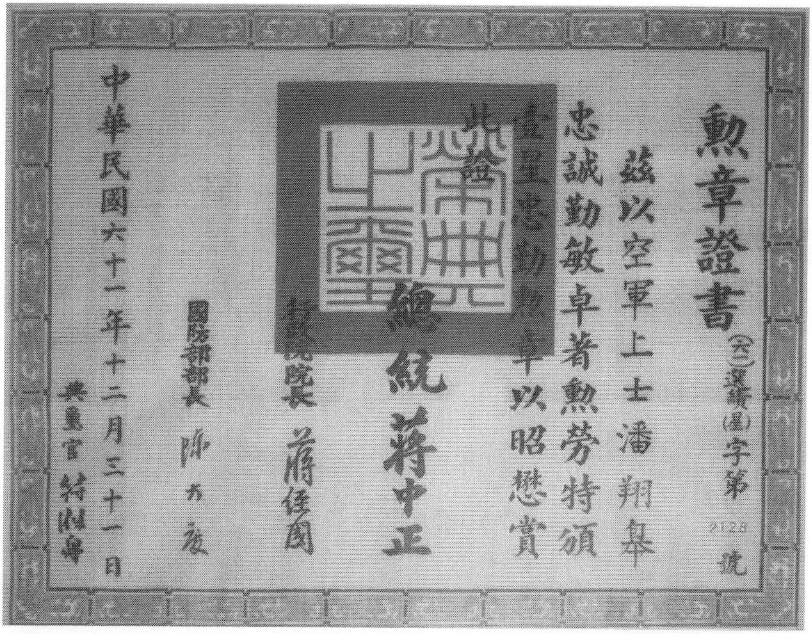
勳章證書
(六二)選績(星)字第 2128 號
茲以空軍上士潘翔皋
忠誠勤敏卓著勲勞特頒
壹星忠勤勳章以昭懋賞
此證
總統 蔣中正
行政院院長 蔣經國
國防部部長 陳大慶
中華民國六十一年十二月三十一日
典璽官

## 金土

神州大地有金土
所有的土壤
都是金的
自古以來在地球上
就能養活最多人口
故稱神州
神的大地啊
我們是神的民族

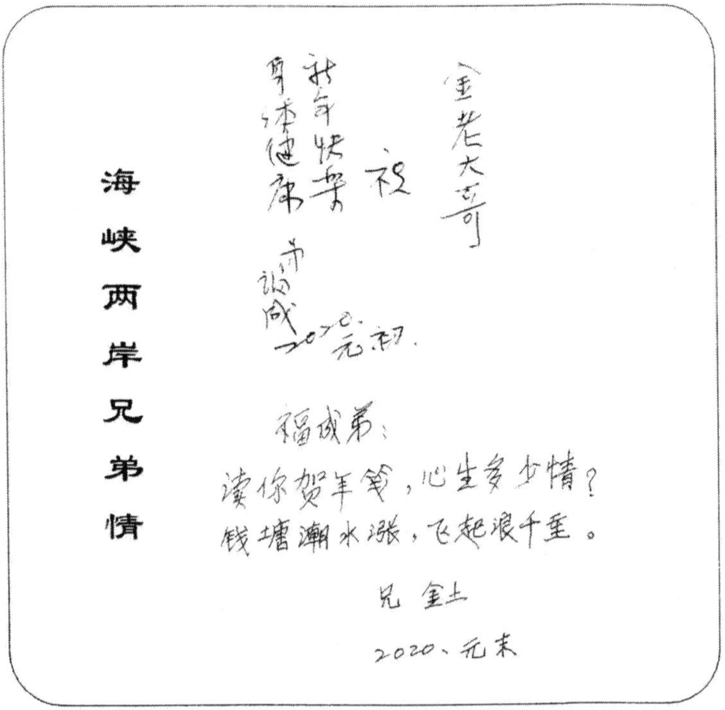

海峽两岸兄弟情

金老大哥
新年快樂
身体健康　祝
弟 福成
2020.元初

福成弟：
读你贺年笺，心生多少情？
钱塘潮水涨，飞起浪千重。
兄 金土
2020、元末

# 小腳印

這是一個小腳印
船過水無痕
但腳印有證據
小歸小
也是人生過程的
山海關
過此關才能向前行

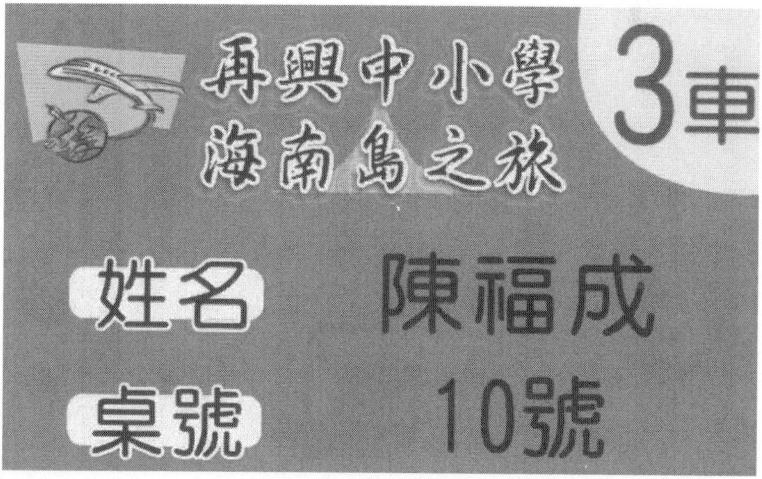

# 我是藍天一朵雲

我是藍天一朵雲
大吸一口藍天
呼出一粒粒
美麗的詩
乘雲駕霧
以詩為蟲洞
進出三界二十八重天
捕捉詩的精靈

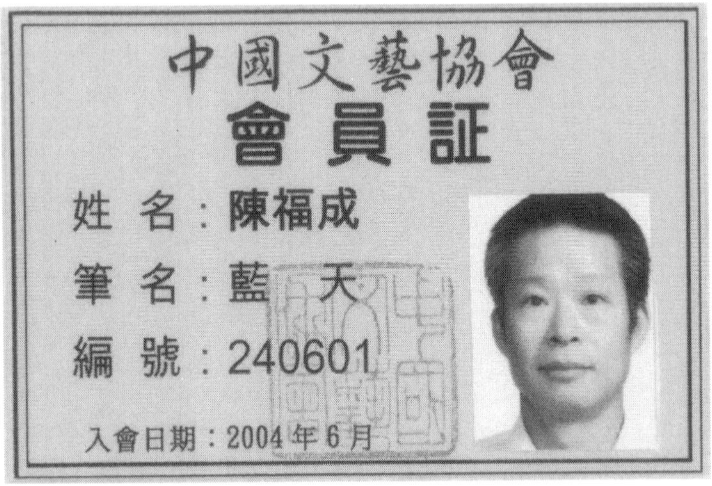

# 我是一片落葉

前世種下的因緣
我生長在一棵大樹上
就快要離枝了
來世的父母何在？
尚未可知
就先飄落大地
在土壤中轉化等待吧

## 我是人主

在這世上
誰都別想統治我
皇帝總統都別想
能統治我的
只有我自己
我是人主
統治我自己的人主
我思我行

# 愚者和智者

愚笨的人都在講道理
天天道理連篇
直到失去江山
聰明的人都在講戰略
陽謀陰謀連環
直到奪取江山
五濁世界不能以理論

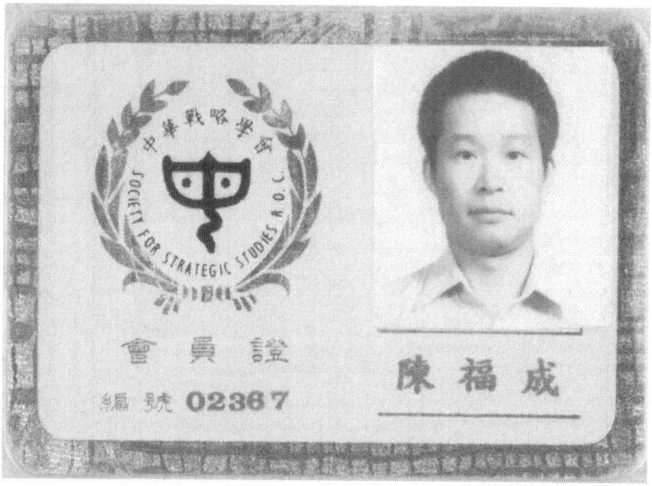

# 戰略與詩

戰略與詩是雙胞胎
相似度最多
他們都天馬行空
不講道理
只講創意
所有歷史上
史詩級的戰役
必然合於戰略關係

# 那一天（一）

該是思索那一天的時候
那一天
是哪一天
我想，我不哭
放下一切
一切放下
以最輕鬆的心情
踏上西行的光速列車

# 那一天（二）

當我去時
會回顧來時路
再思考一回
「如來」的定義
若仍未悟
相信到了佛國
還有機會
問道於佛

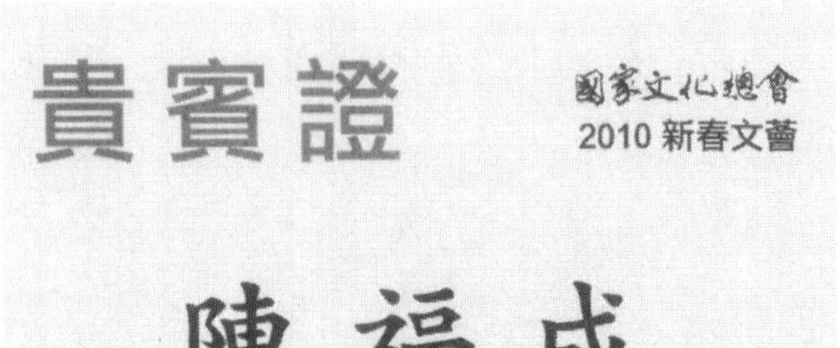

# 那一天（三）

據聞，要帶銀子
過奈何橋時
賄賂守橋人
這種事我不幹
我要光明正大過橋
壞習慣
陰陽兩界都要革除

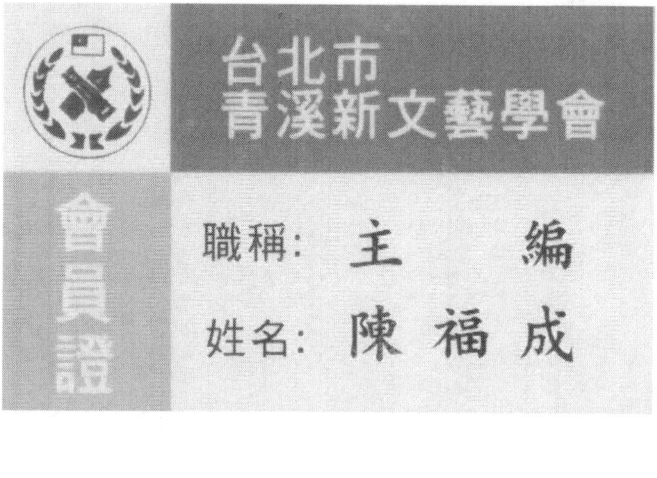

# 那一天希望

起程西去的那一天
地球特別重
所有的人笑不出來
我希望
真的希望，我是
笑著走
躺下的重量
如一片落葉之輕

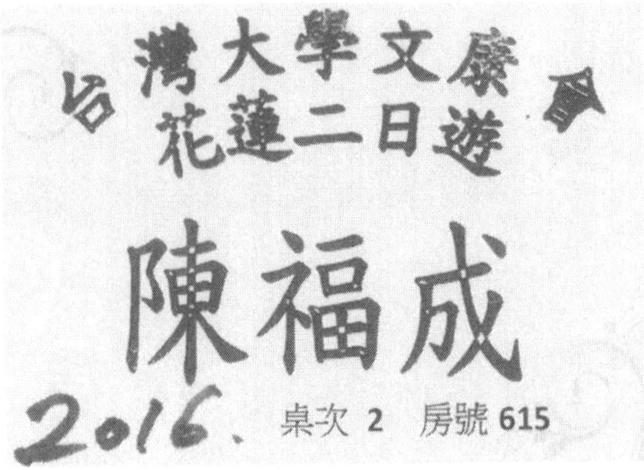

# 入土爲安（一）

一片葉
老了
老得臉色枯黃
皮包骨
他抓不住媽媽的手
倒下、飄向大地
入土為安

## 入土爲安（二）

一朵花
老了
走過光鮮亮麗
現在老得面黃肌瘦
失去所有舞台
她掉向大地
入土為安

# 芳華虛度（一）

心懷天下的無產階級
茶餘飯後
在書桌上
捕捉春色
寫些春風春雨
說是作家詩人
真的是
死人都笑活了

# 芳華虛度（二）

頂著詩人的真性情
提春秋筆
把炎炎夏日
寫成心寒的冬夜
說是那些獅虎
沒有夏雨雨人
真的是
夏蟲不可語冰

# 芳華虛度（三）

你一共寫了五車
春秋大義
一拖拉庫倒入水中
落葉泛舟
游向你
不發一語
船過水無痕

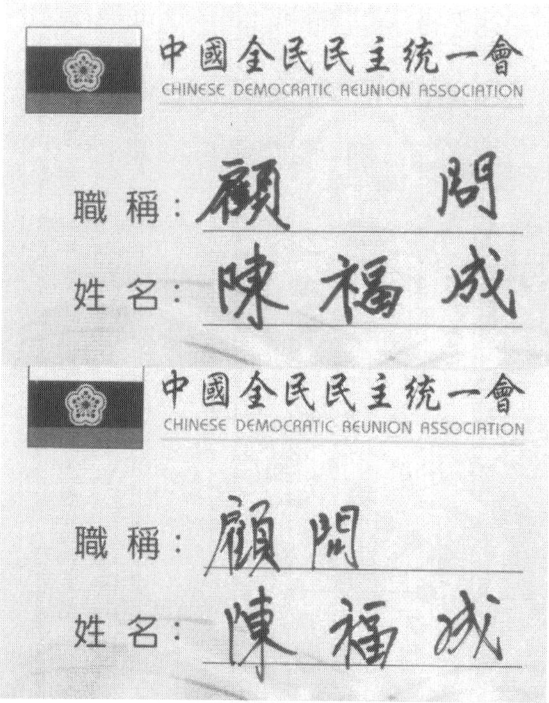

## 如空氣走過

權力被時間輾壓
碎為細塵
被風吹散
正義被時間轉型
如泡影破滅
一切有為法
終究如空氣走過

# 狗，不理

台北街頭有百萬人民
向台獨偽政權
狂吠
奈何那些妓女土匪
手握大權
再多的人民
都是狗，不理
讓牠們叫叫消氣

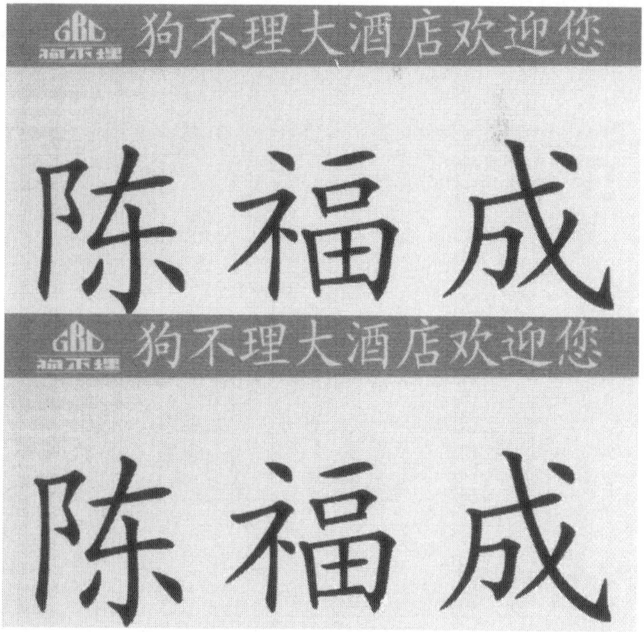

# 戰爭說（一）

戰爭說，酷愛戰爭
砲聲把沉悶的空間
炸成五彩浪花
好美的一幅畫
配上杜比音響
所有的人都性奮
兵將吶喊
各方得到需要的發洩

# 戰爭說（二）

戰爭是文明演化的動力
推動歷史前進的手
戰爭讓各方
自我實現
死的，死得其所
活的，升官發財
有戰爭的地方才輝煌

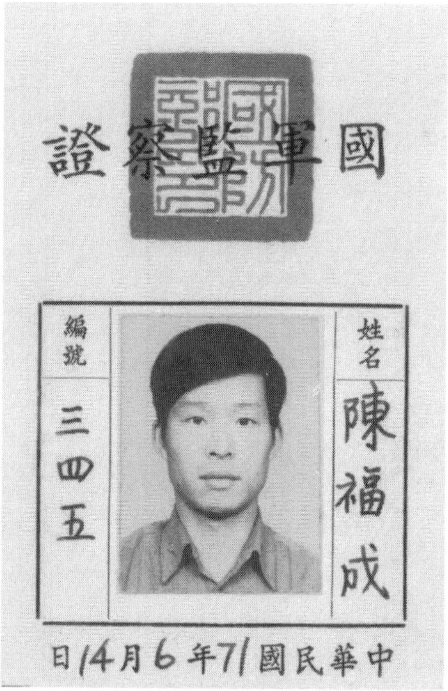

# 戰爭說（三）

戰爭之於人
有如三餐
非吃不可，不然……
歷史上才不停戰爭
心情好要打仗
不好更要打
戰爭是一種娛樂活動
也能治療人病

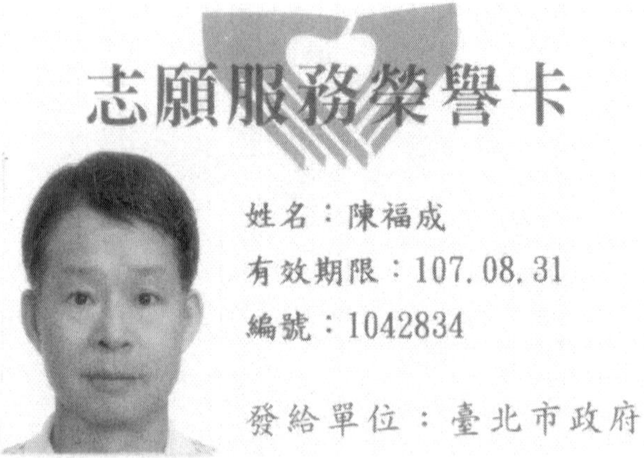

# 「七七」的進化

淒厲的槍聲
把中華民族驚醒
那悲慘的歌
在子民心中傳唱
傳唱久遠
未來這槍聲
也要在倭國響起
叫那些鬼也醒

# 兵馬非俑

眾生都說來看兵馬俑
獨我未見俑
驪駒潛行驪山千載
將以潛龍之姿
引三軍飆起
驚詫二十一世紀
悍衛兩岸統一
兵馬，絕非俑

# 輯　六　古生代化石存在的證據

# 我要（一）

有誰不要
大家天天都想要
人活在要之中
我要過什麼最神的
春花秋月
一切的美都在夜
才有所要

# 我要（二）

我的思緒被時間殖民
身心靈被割裂為三
三家分人了
要，捧我鼻子
我險些碎為微塵
席大的雪塊打在頭上
突然驚醒
三家又合一

# 我要（三）

三家合一後
靈魂回家，非借屍
記憶也活了
我回到自己的童話世界
構想自己的前程
我開始，要
準備反攻大陸

# 我要（四）

原來所要很簡單
就是立志
島外史觀都是錯
石頭釀不出酒
這是基本常識
但我們的新史觀
從釀酒的石頭開始
這是我要

# 我要（五）

其實要很簡單
謊言千回成真理
石頭釀千日也有酒
道德如浮雲
只有你的要是神聖的
不管你要什麼
女人也一樣

# 我要（六）

你要的很多
我要也不少
天這麼黑風這麼大
鬼滿街走
金字塔頂層也是鬼
現在我要
號召大家拿掃把
把鬼清除

# 她的傳奇

她有夠神的
她能用石頭釀蜜
又煮雲成飯
養大孩子
許多的困境都被她
轉型
成一片美景

# 竹林一賢

中午小睡
突然眼前一亮
美景顯現
我沿著一條幽曲小徑
隨思緒漂流
水聲引我迴溯前世一景
在一片竹林中
發現另一個自己

# 幻影所見（一）

風光走在最前頭
引領小鳥們
踏上存在主義
睜大眼看
星星說了什麼
沿路眼見
都不是真的

# 幻影所見（二）

這不是真的嗎？
一個個姝麗寵物
是存在主義的證據
當你漂浮
成為流星幻影
又墜落大地
驚覺不是幻影
這條人生路
是否走過？

# 春天來敲門

過了寒冬
百花耐不住寂寞
紛紛來敲門
到處關說
說要爭取表演舞台
須要經費，高層
你要提前（錢）說

# 你已轉世（一）

幾十年了
你應已回到成都
又長大了
或已成家立業
也有三個孩子
很難得
難得生為中國人
最是難得

# 你已轉世（二）

幾十年了
相信你又回到
龍井陳家
又長大了
成為一個大小姐
小心
別嫁錯人

# 菩薩轉世

吾家有菩薩
就是她
她是菩薩轉世
吃苦當吃補
左鄰右舍有難者
都能看到她
助人的身影

# 一輩子的親情

幾生幾世
才修得親情一輩子
這年輕的身影
竟一輩子不壞
不壞為微塵
且隨業流轉
轉向來世

# 我戀上一顆石頭（一）

我是怎麼了
白天想著用石頭釀酒
晚上戀上一顆石頭
四季炎夏
到晚上就成熟
深耕石頭
期許長出黃金果
好為他取個好名字

# 我戀上一顆石頭（二）

戀上一顆石頭
發生奇異的結果
自己變成石頭
硬又堅決
堅決光復一塊
神所統治的土地
堅決永不變心

# 回不去了

光陰過了
千呼萬喚回不來
一個年代結束
不會重來
反清復明
反攻大陸
都死了
也回不去了

# 時光流走

生命的業海裡
時間以什麼姿勢行走
太陽照不出影子
紅塵漫天腳步
也沒留下證據
時光流走
出人意想之外

# 我們都不管了（一）

外面天黑風大
天黑黑，始終不亮
風瀟瀟，有雨驟急
我們都閉嘴
不聞不聽
什麼都不管
等待雨停天亮

# 我們都不管了（二）

言語都沒人聽
文字失傳
只有竹林茶香
有回甘
所以囉
我們都不管了
進住竹林就是賢人

# 我們都不管了（三）

都在竹林喝茶
國事沒人管
也不行
經濟不發展
沒錢買茶
幸好小朋友長大了
國家就由你們管吧

# 我們都不管了（四）

經過漫長旅程
有點累了
想想千山萬水
真的無來無去
無增無減
還管什麼
什麼都不管了

# 生活（一）

有時太陽叫醒你
有時你叫醒太陽
四季飛逝
你不是正在吃飯
就是為吃飯準備
這就是生活

# 生活（二）

光是吃飯
實在太無聊了
層次也太低
加入一首詩
會不一樣
人生境界大不同

# 生活（三）

吃飯作詩之外
若要更上乘
就要會做夢
美夢、白日夢
努力成為織夢家
以你的夢
穿行三界六道
創造生命最高境界

# 輯　七　血緣姻親的證據

# 過日子（一）

日子都要過
在日子裡創造故事
說給他聽
或她也說說
若都無言
便是以心傳心
有禪的味道

# 過日子（二）

日子有時碰到困境
困境也是故事
有時更動聽
人生的感動
大多在困局中
只有辛苦打拼
得到希望的實現
才是甜蜜的日子

# 一路走來

無始前一路走來
不知幾帶幾路
多少驛站
這一站最難忘懷
因緣連接血脈
再走向
來世的路

# 因緣

因緣是什麼
神仙或菩薩
為什麼大家
被因緣牽著
牽到河邊
只好喝水
牽到草原
大吃青草

# 風雨擾清夢

風雲突起
暴雨來襲
挾雜著狼嚎犬吠
不外大量口水
擾人清夢
索性進入夢鄉國
風雨俱遠
俱遠……

## 獨白（一）

我立於人海
未見一人
行於平沙草原
對草莽演講
我說火星語嗎
望向滾滾遠方
只有海天接吻
與我有交集

# 獨白（二）

為了純粹的愛
期待是一種動能
就算最終只抓住
一把鳥聲
也值得
人生的意義無價
我對自己演說

# 獨白（三）

想到田中奏摺
就想殺人
殺光倭種
現在算了
做我的春秋大夢吧
月色嫵媚
邀我一起喝酒
雙雙醉入夢鄉

# 繁華落盡

都退出了歷史
讓出舞台
光陰以素顏
啓蒙眾生
剝落裝飾後
才是
人的本來面目

# 咖啡情話（一）

宇宙縮小成一方桌
世界人口剩兩人
八卦語言
互送秋波
醉翁之意不在酒
咖啡飄逸情話
情話才是
醉人的老酒

# 咖啡情話（二）

斗室內的光線
被黑洞吸納
心進行著有氧悸動
琥珀的香懾魂
紅色唇印擴張宇宙欲望
最終導致
一夜悸動失眠

# 美好的仗打過（一）

長江黃河水始終
在我心中起落
有時浪比天高
誓言不死
初心永在
我心
如神州大地土

# 美好的仗打過（二）

神州大地的砲聲
在心中響起
半個世紀長征
許多真相不明
機密再封存
五十年
那美好的仗
留給後人説

玉山主峰

# 創造一條路（一）

路是人創造出來
想出來的
我走七十年路了
他們才開始
要沿著水、空
或大陸
創造前往星星的路

# 創造一條路（二）

路被山擋住
長出翅膀
開創天路
若能持恒走下去
定能通往天堂
有決心的人
神也不能擋住你
向前往的路

# 慢活（一）

據說，慢活
是老人社會之顯學
對老人而言
其重要性
大於登陸火星
更大於
尋找第二個地球

# 慢活（二）

真是太重要了
比三民主義統一中國重要
比批妖女蔡英文重要
重於罵男魔李漢奸
詛咒台獨偽政權
相較於老人慢活
那些都是屁

# 我的慢活

老人慢活
如此重要
我遵守一切慢活之
定律或理論
嚴格實踐
並從實踐中再驗證
修訂創新

# 慢活・時間

慢活最大的敵人
是時間
因此要打敗時間
甚至打死牠
把時鍾調慢
讓牠少一隻腳
牠就走得很慢

# 慢活・打死時間

我日夜想方設法
如何打死時間
想到簡便辦法
鬧鐘少放一個電池
這樣時間不走了
牠成了死人
我慢慢慢的活

# 慢活‧吃飯（一）

老人吃飯要慢
望見一粒米
長大要半年
一粒米之功德
大於地球
不忍食之
含情脈脈
如和情人相見

# 慢活・吃飯（二）

見一粒米如見情人
讓米粒
在嘴裡慢慢的磨
閉眼、沈思
磨、磨…
一粒米若磨千百年
是慢活的理想狀態

# 慢活．走路

老人家走路要慢
越慢越好
慢如龜速
就像一隻烏龜
慢行萬里路
故得龜壽
時間被你活活氣死
自然一切都變慢

# 慢活的學問

這門學問真是太大了
深不可測
其大無外
其小無內
不可思議的大
大於美國病毒
大於美帝玩弄地球

# 慢活・關閉視覺（一）

慢活大學問
首先關閉你的視覺
不能看的都不看
眼不見則淨
那些變種同志
妖女死漢奸
俱不存在
只看你所愛看

# 慢活・關閉視覺（二）

經此淘汰
眼睛的工作量大大減少
你可以走馬看花
風花雪月
讓時間迷醉
時間一醉
牠也不想走了

# 慢活．看你所愛

那些不想看的
不能看的
都關閉你的視覺
僅看你所愛
看！這些小朋友
多可愛
看有情有義的人
比看蔡妖女死漢奸
身心靈乾淨多了

# 慢活・關閉聽覺（一）

想要快樂慢活
大多時候
必須關閉聽覺
那些名嘴的聲音
妖女的淫聲
俱關於門外
六根俱清淨

# 慢活．關閉聽覺（二）

島嶼沈淪
一切聲音都有毒
毒化年輕世代
幸好，我天生
有抗毒基因
那些毒
毒不了我的耳根
還是關的好

# 慢活・聽你所愛

那些不想聽的
不能聽的
都關閉你的聽覺
僅聽你所愛
聽童言童歌
比聽台獨偽政權的喪歌
身心靈乾淨多了

# 慢活・關閉臭覺（一）

為何要關閉臭覺？
妖女淫聲
其臭無比
那些毒化的言論
同婚平權的聲音
臭如糞尿
毒如涕痰
若不關閉
眾生俱被毒死

# 慢活・關閉臭覺（二）

若不想被毒死
要快樂慢活
九成九的時間裡
必須關閉臭覺
將魑魅魍魎
妖鬼男魔
關入無間地獄

# 慢活・關閉臭覺（三二）

只有將那些臭如糞尿
如腐肉之毒物
全部燒燼
那些難以清除的
發臭毒人
關入無間地獄
則國泰民安
則風調雨順
則中華民族偉大復興

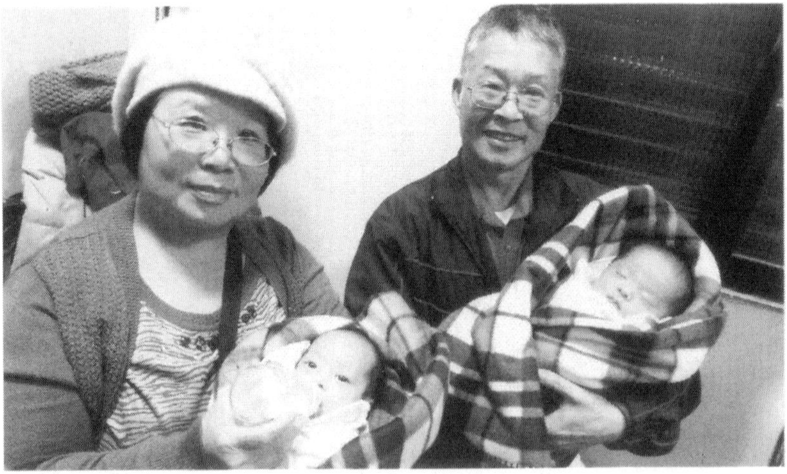

# 慢活・臭你所愛

那些不想臭的
不能臭的
都關閉你的臭覺
僅臭你所愛
臭白饅頭的香
勝過偽總統府盛宴
身心靈乾淨多了

# 慢活・關閉味覺（一）

吃，是眾生
本有的欲望需要
嘗美食美味
更是誘人味神經
於是吃上癮了
吃山吃海
吃人吃錢
這是不行的

# 慢活・關閉味覺（二）

人老了
不能什麼都想吃
吃了老的
還想吃嫩
壞習慣都要改
尤其要改掉吃腥
關閉一些味覺

# 慢活・嚐你所愛（一）

遠離腥臊
品嘗大自然美味
鮮綠青草
新鮮空氣
慢慢吸氣
呼……
在虛空中
嚐你所愛

# 慢活・嚐你所愛（二）

那些不想嚐的
不能嚐的
千萬別嘗試
腥的、毒的
一嚐成千古恨
關閉味覺
身心靈乾淨多了

# 慢活・關閉觸覺（一）

人老了
很多是不能碰觸
如腥臊、惡毒
大妖女、大漢奸
台獨偽政權
凡此，其毒無比
故須遠離

# 慢活・關閉觸覺（二）

這些惡毒之人物事
圍在你四周
如何遠離
只得關閉你的觸覺
關閉所有感受系統
你才能慢活
過幾天自在的日子

# 慢活·關閉觸覺（三）

不要不信邪
說要以毒攻毒
當一下走狗
做做漢奸
你一碰觸成千古恨
火星也被毒死
太陽毒得發瘋

# 慢活・碰你所愛

那些不想碰的
不能碰的
摸都不要摸
關閉你的觸覺
遠離邪惡
身心靈乾淨多了

# 慢活・關閉諸法（一）

佛告須菩提
法尚應捨
何況非法
這就是說我們的心
不著於一切法
不住一切相
才能自在

# 慢活・關閉諸法（二）

人老了
很多要放下
不要天天罵
妖女漢奸
貪官走狗
台獨偽政權
這些糞尿
關閉之

# 慢活・愛你所愛

佛陀在《金剛經》
總結說
一切有為法
如夢幻泡影
如露亦如電
應作如是觀
老人家
這就是你的所愛

# 慢活・結論（一）

我等老人家經此
慢活實踐
眼耳鼻舌身意
工作量大大減少
每個零件充份休息
不住色聲香味觸法
因而活得快樂自在

# 慢活．結論（二）

活著要慢
死也要慢
不必急著要去報到
在奈河橋上
你以龜速
走上十年八年
氣死黑白無常
你又還陽了

# 輯 八 一些黃埔情緣零星的證據

# 在鳳山軍校

這時我們在
鳳山軍校
研究戰爭法門
準備反攻大陸
解救同胞
半個多世紀過了
同胞救救我們吧

# 先救自己

我們的一輩子
為中國之統一
為解救大陸同胞
而存在
而活
現在得先救救自己
因為兩個可怕的殺手
已抓走我們不少人

# 鳳山陸官

黃埔
你的春秋大業
被困在這裡
埋骨荒島
現在鳳山黃埔
已非黃埔
你是誰？

# 那一年

和死黨劉建民
走橫貫公路
虞義輝因事未參與
意外抱得美人歸
五十年前往事
美麗的回憶
再五千年
恒在我心中

# 當營長

當營長好處可多
每天
有許多鳥兒
各種鳥
圍在你四周
其實營長也不過
是一隻鳥

# 營長輪調小金門

我輪調小金門
所有大樹的鳥兒
都來歡送
相聚的日子不長
還是懷念他們
不知這些鳥兒
是否還想著
完成中國之統一

# 復興崗的鳥

因緣生起
這些鳥在復興崗相聚
可不是普通的鳥
都是政研所研究生
學問可大了
不久他們都是世間
唯一的碩士鳥

# 營長和連長

想當年
我們這些老鳥
早知反攻大陸無望了
都在鬼混
訓練嘛
擺擺樣子
或在村莊泡馬子

# 來自四方的鳥

各方聰明的鳥兒
相聚於
復興崗政治研究所
研究政治大法
現在的台獨偽政權
漢奸走狗政治學
我們都沒學到

# 營長講話

兵是鐵打的營房
官是水流動
有些鳥死守一地
有些鳥飛來飛去
我將飛往小金門
向我的眾鳥兒
話別，今後
就各自覓食了

## 詩 集（一）

古來爭戰幾人回
現代戰場上
橫詩遍野
我一一拾起整理
加調味料
就有很多詩
出版成詩集

# 詩集（二）

一本詩集裡有什麼
不外就是戰場上
成敗的八卦
也有些風聲雨聲
還有被日記本淘汰
國史館不典藏
盡收於詩集中

# 回歸清靜

就是假設
看見你
你是一座山
再走近
解開山的面紗
去除外衣
一樣的清靜山

# 感傷（一）

這樣的光景
北風一吹
就不在了
剩下心中細細漣漪
嘆一口氣
愛是憂鬱
感傷不再來

# 感傷（二）

緣起即滅
平靜的湖裡
沒有一絲絲波漣
心海中有鼓脹的浪
向茫茫虛空
呼喚
又如一枯葉飄落

# 三人行

那時多年輕
我們常走在一起
慢慢的
各自建立了自己的國
在自己的國當王
過得不亦樂乎
未來有一天將
重啓三人行

# 幻　影

腦海中突然
跳出一齣夢幻泡影
幻，鮮明
泡，久久不破
就是這一幕
人一清醒
幻影沈落滅盡

# 先行者說

你先走一步
最後的相聚你說
到了西方極樂世界
也讀那裡的陸軍官校
先到為學長
你們後來當學弟
但我懷疑
極樂世界有戰爭嗎？
還須要軍人嗎？

# 風　景

曾經有這樣的風景
光影如詩
掌聲以
瀑布的姿勢響起
但很快
場景轉午夜的公園
椅子都空了

# 向兄弟們告別

不知道要說什麼
送君千里
終須一別
大家各就各位
站成雄壯威武
顯示我們
戰力還是有的

# 江　湖

軍隊其實很江湖
人人有槍
很少有用槍時機
喝酒機會多
一杯酒
是一個江湖
這是所有鳥知道的事

# 送君千里

我揮揮手
不懷一片感傷
只把大家的情義
永存在心
此岸到彼岸
走破百雙鞋
敬禮身影
感動三軍

# 輯九 藝文友誼零散的證據

中國文藝協會文藝獎章證書 （一〇三）文獎字第〇〇九號

陳福成先生從事專題寫作，成績斐然，經推薦評審通過，
榮獲本會第五十五屆文藝獎章「專獨創作獎」獎章壹座。

此證

中國文藝協會
全國文藝節慶祝大會

中華民國一〇三年五月四日

2010/06/24

# 得獎

到底寫了什麼
又得一文學大獎
說來古怪
不外罵罵漢奸
以及祖國的鄉愁
捕風捉影
等等若干八卦

# 鄉 愁

他們眼裡含著什麼
北方的思念
北風的味道
在肚內
住著李白杜甫
從他們眼神中
散發對神州依戀

# 悠行人間的魚（一）

我是一條魚
因緣悠游到人間
好自在
在虛空之大海
山河清涼
不為所動
自在、靜觀

# 悠行人間的魚（二）

半生獨行
駐足，沙灘留下證據
風浪又滅跡
你的時間，隨雲
把四季抱住在手裡
當一個
觀，自在

# 悠行人間的魚（三）

人間很毒，小心
逐浪遊戲
出入江湖
獨行於古道
與斜陽共度黃昏
山河海天無分別

# 悠行人間的魚（四）

我以魚身頓悟
魚形不能拘限我的物種
改以兩足走路
馱著生命的價值
宣言眾生平等
人魚無差別
都要遠離五毒
台毒更碰不得

# 悠行人間的魚（五）

為什麼台毒碰不得？
台毒乃人間劇毒
百毒之首
漢奸島產漢奸毒
不光毒死人和魚
六道眾生俱受毒害

# 看你・看我

每天都看到一個你
你也看到我
我看你是你
或不是你
你看到我
或不是我
一輩子都在找尋詮釋

# 相看不厭

那年的閏八月危機
許多人跑路
你我不跑
相互品讀
從此
我們相看兩不厭
陶朱公樂於為證

# 流浪到寶山水庫

大家都在業之海洋
漂流千百世
多少劫
為何這片刻
我們不約而同的
流浪到此相聚
那位神仙知道
其中天機何在？

# 文學是什麼

搞了一輩子文學
文學到底是什麼
八卦或囈語
問李白
或杜甫
沙士比亞也行
給個答案吧

# 文學就是

捕捕風捉捉影
寫些時代大小地震
社會之牛鬼蛇神
吹牛罵人
讓人笑讓人哭的東西
或有人説是
資產階級的鴨片

# 寶山水庫

想念祖國的江南
煙霧迷濛
就暫時來寶山水庫
迷離的眼神
望出，已
儼然是江南三月

# 一抹春風來過

偶然有春風吹來
留下如春微笑
算是春風曾經
來過的證據
轉瞬吹過，問
吹向何處
卻早已不見風的影子

# 寶山水庫的傳說

在這秘境裡
有最浪漫的倩影
快意笑聲
在水庫四週整夜飄盪
夜之幽魂來時
譜出繪影繪聲的傳說

# 坐這位置

坐上這個位置
腦袋也換了
一介武夫
瞬間變身成
文學人
隨風飄來的風聲
有濃濃的文學味

# 寶山水庫的神話

吳家業大律師
不滿台獨偽政臺
痛恨妖女男魔
隱居寶山水庫
創造神話
創建人間理想國
我等到該國參訪

# 我們

光陰是個殺手
專殺人的記憶
也殺人
許多記憶隨風而逝
只有這個小圈圈
美麗的身影
光陰殺不死
也拿不走

# 老范這個人

說他是生意人
卻有詩人特質
說他是教授
更像俠客
我在人間道碰到你
也真是奇緣

# 喬家大院

時間帶走了住民
帶不走大院
它將頂立神州
千萬年
影中人的因緣情義
也將永恆流傳
成我們生命中的傳奇

# 他

就像一個影子
無風無浪
就不見了
飄到哪個國度
為何消失
天知地知他知

# 寶山水庫的神

吳家業的理想國
以有神著名
你看這些
女神、男神
張開嘴巴
在講經說法
並以稱心笑意
布施六道眾生

# 輯 十 遺境拾獲零散腳印的證據

# 台大教授

全島最會叫的野獸
盡聚這裡
他們端出
最好的牛肉
把這裡培養成
史上第一造反聖地

# 人親土親

我們一行
來到山西芮城
見到的都是親人
血管裡流著相同的血
土壤多麼芳香
我們以生為中國人
為榮、為傲
我們親身見證
中華民族偉大復興

# 人間至美

刪除全部的歷史
這瞬間
是人間最美的神話
和諧與美麗
共構四美圖
在人間流傳

# 台毒（一）

這是世間五毒之首
劇毒無比
且貪腐而邪惡
無臭無味
無聲無形
足以改變物種本質
使人類退化成類人
再退化成人形獸

# 台毒（二）

此毒無解
三千世界俱無解藥
須用火攻
戰火高溫可去毒
燒滅帶毒者
國泰民安
風調以順

# 台　毒（三）

若不速滅此毒
其擴散令
九族不安
還會遺傳
九代人全毀
血緣姻親
相互攻伐
親人異變仇人

# 台毒（四）

一座中了此毒的島嶼
全島沈淪
所有島上的眾生
都異化
妖女魔男等異形
統治全島
誰來救救這座惡魔島

# 和領導照相

她是這座毒島上
沒有中毒的領導
所以我愛她
愛領導不行嗎
何況領導找我照相
我不能拒絕
否則以後怎麼混

# 霍金說

你說地球兩百年內
全都毀滅
也好
沒有美國病毒
瘋人川普也沒了
沒有台獨
大家都沒有
就沒有爭端戰火

# 天上掉下來

一張理事證書
似飄葉
從天上掉下來
臭一臭
有新鮮空氣
鮮美的青草
歡喜在心不說

中華民國大專院校退休同仁協會

當選證書

(108) 中華大專退協證字第 18 號

陳福成 會員當選為本會第四屆理事，任期自108年02月19日至111年02月18日止。

理事長 李久先

中華民國 108 年 04 月

# 人清閒

那些年
我們太清閒了
所以搞出
毋忘在莒白日大夢
反攻大業
已在夢中實踐
用嘴巴打仗真好
人清閒

# 英英沒代誌

在客廳找螞蟻
要一公一母
增產報國
解決人口問題
打仗會死人
所以鼓勵多生
這是我午睡想到的
螞蟻不能置身事外

# 樓梯口的貓

昨晚在樓梯口
碰到一隻貓
聲音嬌媚
星星變成許多貓咪
睡夢中孵出
一段美夢
是誰的心事

# 走就對了

往何處去？
不管！
要走多久？
不管！
終點何在？
不管！
無始無終
走就對了！

# 有愛的地方

偶然走到這裡
有愛的地方
我便小憩
享受愛的滋味
補充元氣
路再走下去
有愛的地方停
沒愛的地方走

# 我樂故我在

人生這條路
問題多
彈吉他唱唱歌
可以解決問題
獨樂不如眾樂
又可解決眾人問題
我樂你樂大家樂
我樂故我在

# 無產階級最樂

許多人有上億豪宅
就是不快樂
都因錢太多
少錢少欲快樂多
你看樹上小鳥
都是無產階級
但牠們活得多快樂

# 晚年是玩年

人老了
才能自在
活的明白才任性
要玩啥只管玩
做啥只管做
現在的時間
都是你的
要把握

# 品讀河山（一）

我的土地
北起薩彥嶺、漠河
南到曾母暗沙
東起伯力
西到噴赤河
還有尚未回收扶桑列島
我天天品讀河山
讀不完啊

# 品讀河山（二）

人生苦短
為加速讀完我的神州
我開啓自性天眼
啓動光速心思
萬法唯我心
瞬間讀完神州大地山河
俱在我心

# 青山對我

外出走走
就有群山對我湧來
彩雲翩翩起舞
小鳥歌唱
應青山大地請求
我們在此留影

# 台大教授聯誼會

在這荒島叢林中
最聰明的野獸
叫得最響亮的野獸
都在這裡
這裡是革命之搖籃
更是造反聖地
在此造反有理

# 流浪

一顆心
不住
色聲香味觸法
住於無住
只好去流浪
流浪於虛空
住空虛

# 獨立不對

那些年
我們沒有自己的國
常在一起玩
後來各自擁有國土
都成一國之王
就失去了共同語言
各玩各的，可見
獨立不對

# 共同的國

我們這一掛
沒有各自的領土
也沒有自己的國
但有共同的國
是佛國
故有共通語言

# 緣起於無始

或許在恐龍尚未滅亡前
再前、更前
就有些因緣吧
在業之大洋中漂流
千萬劫後
到人類世因緣成熟
註定要牽手一世

# 他們

他們是誰
千百年前
是你？是我？是他？
千年萬年
唱不完的生命之歌
流不盡因緣河海

# 從久遠漂來

我們都在因緣海裡漂
漂過千百年業的大洋
就在這片刻
不約而同的
漂到這裡
留下證據後持續漂
做為來世再見的識別證

# 我點一盞燈

我曾在這裡
點起一燈
為老人家照路
吹千孔笛
讓更多的老人們
走出來聽歌

# 血液的呼喚

黃皮膚下
你流動的什麼血？
血液在呼喚
你沒聽到嗎？
極靜的聲音
與心跳同步
如長江黃河的昂奮
你裝著沒聽見嗎？

# 一隻貓退休後（一）

一隻貓退休後
才發現
貓的日子真好過
嚴格説
是真好混
天天都是
贏贏沒代誌的貓

# 一隻貓退休後（二）

贏贏沒代誌
難免無聊
總不能整日寫作
捉兩隻螞蟻
一隻統派
一隻獨派
欣賞他們決戰
比雲門舞集有看頭

# 一隻貓退休後（三二）

偶然發現
那十二生肖遠親
天天在抗議
大罵妖女禍國
漢奸賣國
台獨偽政權
我想著我們貓族
不能置身事外

# 一隻貓退休後（四）

酒足飯飽後
我也加入抗議行列
不久十二生肖以外的
眾生都來抗議
高喊推翻
台獨偽政權
完成中國統一
惟不見人類身影

# 一隻貓退休後（五）

為何不見人類抗議
我得好好研究
原來島上的人
都中了台毒
早已從人類退化成類人
智力比我貓、鼠等
更低，低等呆丸郎
低於生肖第十二名

# 一隻貓退休後（六八）

這樣的低等人類
中了很深的胎毒
根本無解
唯一的解方
只有戰火
戰火的高溫可滅毒
使這裡的人成為
正常的中國人

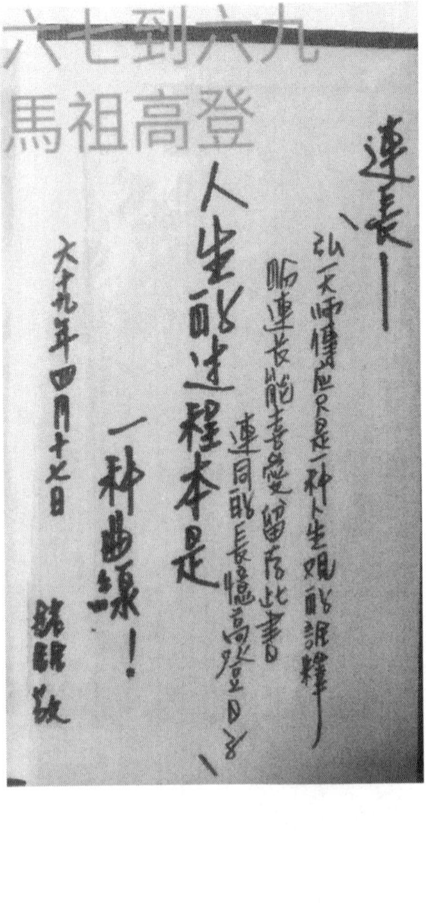

# 一隻貓退休後（七）

我決定不問島上
這些鳥事
過我的貓族退休生活
每日與陽光有約
煮雲水泡早茶
把昨夜的夢
織成貓咪進行曲
建設貓族理想國

# 我是中國第一大地主

大家都在比
土地田產有多少
我從來不說
說不完啊
山東、山西、四川…
海南、臺灣…
還有領空領海
都是我的
中國是我、我是中國

# 蟑螂的迷失（一）

牠們迷失在
物種的叢林中
不能見光
見光必死
陷於同昏平權的黑洞中
終身在黑暗中掙扎
迷失的蟑螂

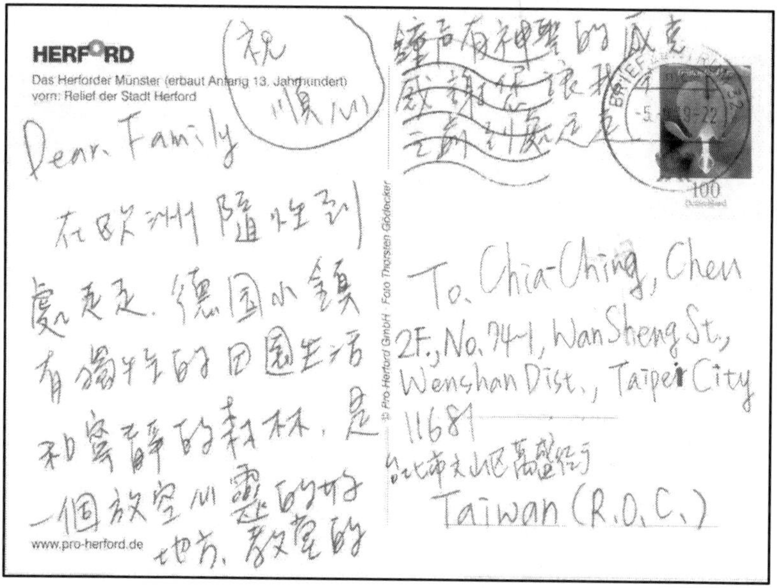
HERFORD
Das Herforder Münster (erbaut Anfang 13. Jahrhundert)
vorn: Relief der Stadt Herford
© Pro Herford GmbH · Foto Thorsten Gödecker
www.pro-herford.de
祝順心
Dear Family
在歐洲隨性到處走走，德国小鎮有獨特的田園生活和寧靜的森林，是一個放空心靈的好地方，教堂的
To. Chia-Ching, Chen
2F., No. 74-1, WanSheng St.,
Wenshan Dist., Taipei City
11681
台北市文山區萬盛街
Taiwan (R.O.C.)

# 蟑螂的迷失（二）

迷失很可怕
找不到家
找不到自己
找不到列祖列宗
找不到入口
到底要從那個口接軌
總是找不到
總是很亂

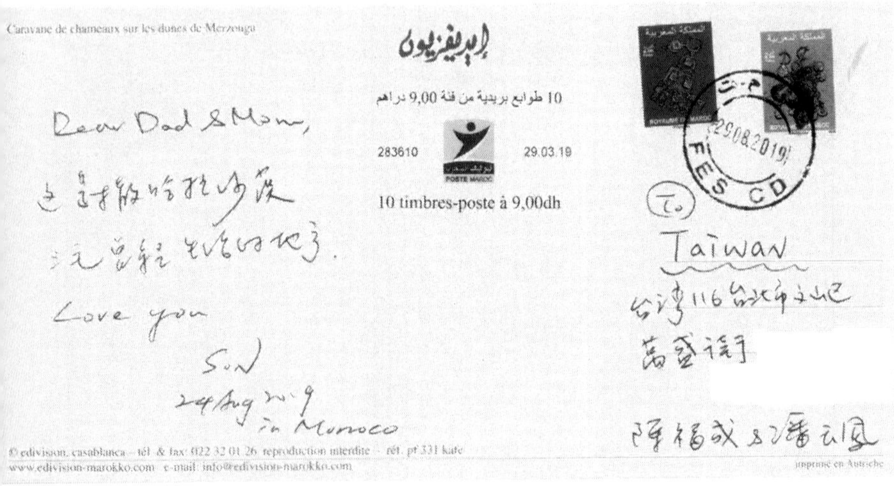

# 蟑螂的迷失（三）

迷失在這種黑洞
太可怕
蟑螂懷疑自己不是蟑螂
似鼠，或豬等
無論如何
也不可能是人類
蟑螂想了一輩子
直到想破腦袋

# 狗的得意（一）

現在十二生肖中
日子過得最得意
當屬狗們
有權力的狗
沒有權力的狗
都吃香喝辣
其他願意為狗服務
也能享受榮華富貴

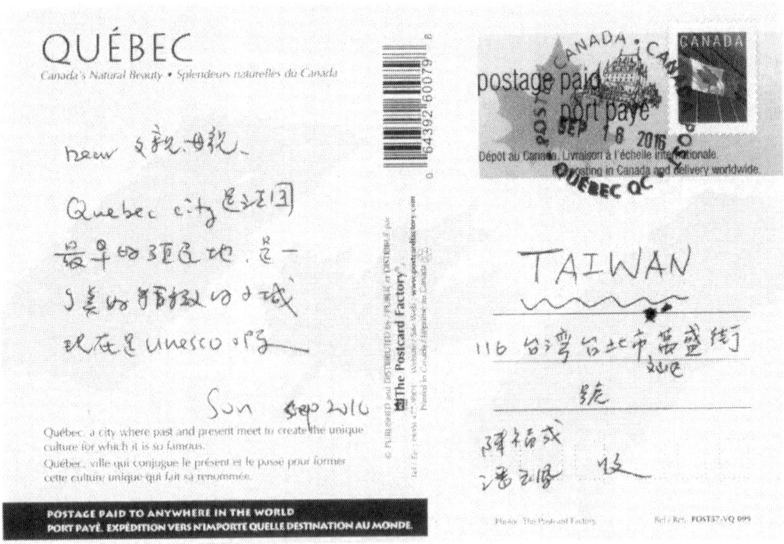
QUÉBEC
Canada's Natural Beauty • Splendeurs naturelles du Canada
Québec, a city where past and present meet to create the unique culture for which it is so famous.
Québec, ville qui conjugue le présent et le passé pour former cette culture unique qui fait sa renommée.
POSTAGE PAID TO ANYWHERE IN THE WORLD
PORT PAYÉ. EXPÉDITION VERS N'IMPORTE QUELLE DESTINATION AU MONDE
CANADA
postage paid
port payé
TAIWAN

# 狗的得意（二）

沒有權力的狗
靠向狗權力核心
邊睡也好
都有天大的好處
騎在所有物種頭上
灑狗尿
各物種皆無意見

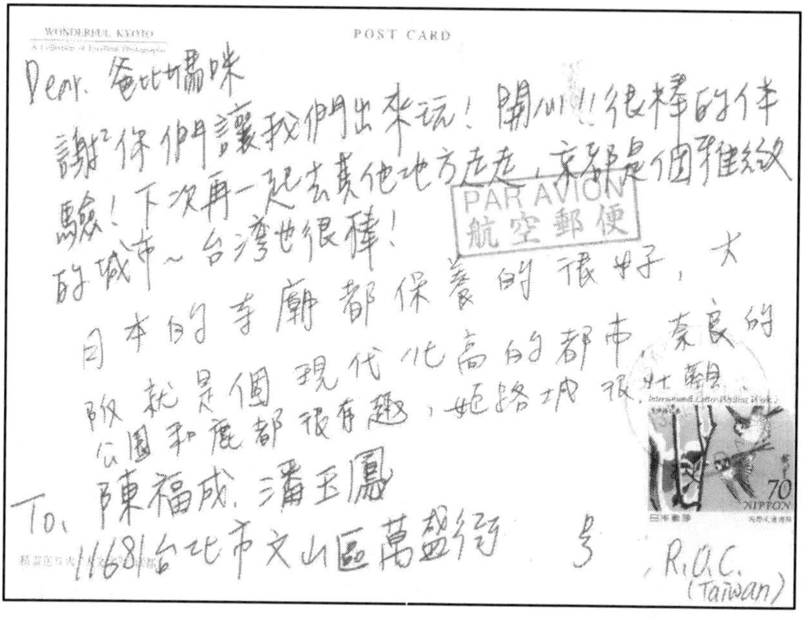
WONDERFUL KYOTO
A Collection of Excellent Photographs
POST CARD

Dear. 爸比媽咪
謝謝你們讓我們出來玩！開心!! 很棒的體驗！下次再一起去其他地方走走，京都是個雅緻的城市～台灣也很棒！
日本的寺廟都保養的很好，大阪就是個現代化高的都市，奈良的公園和鹿都很有趣，姬路城很壯觀。

PAR AVION
航空郵便

To. 陳福成、潘玉鳳
11681台北市文山區萬盛街 號 R.O.C. (Taiwan)

70 NIPPON

# 狗的得意（三）

狗越來越得意
權力越來越芳香美味
光天化日下
錢一車一車搬走
島民皆無反應
都中了台毒
乃形成中國歷史上
最不倫的狗政權
最不類的叛亂集團

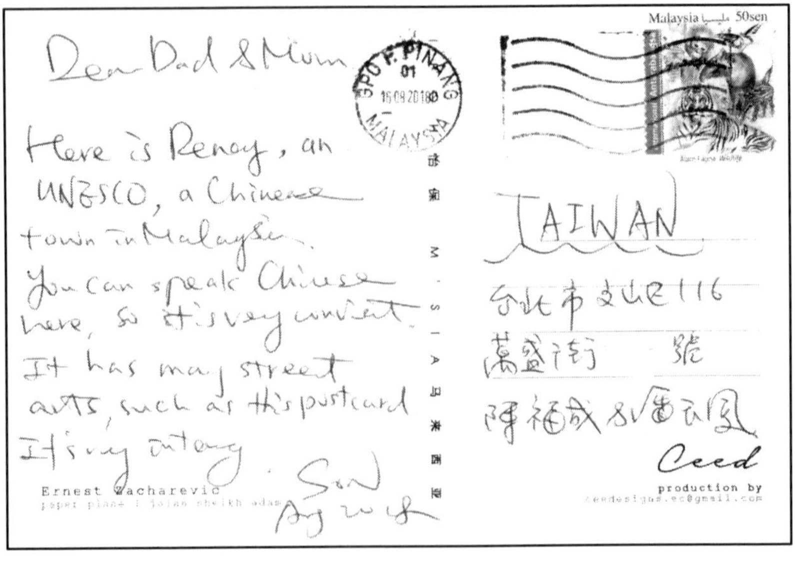

# 狗的得意（四）

其他各物種
看著狗吃香喝辣
當然也想吃
有為狗提皮包
或當狗的外圍
幫狗搖旗吶喊
多少也有湯喝

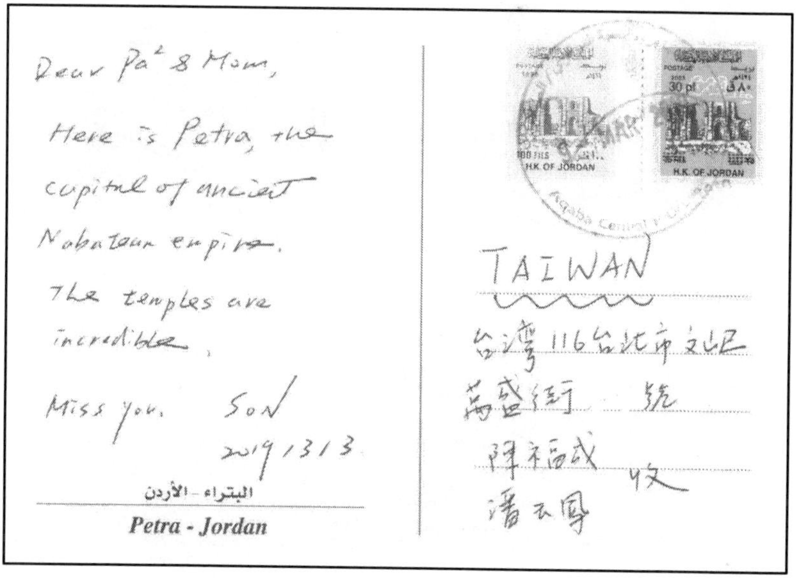
Dear Pa & Mom,
Here is Petra, the capital of ancient Nabatean empire.
The temples are incredible.
Miss you. Son
البتراء - الأردن
Petra - Jordan
H.K. OF JORDAN
TAIWAN

# 十七·七十（一）

兩個迷路的人
在不同時空找尋自己
從不知愁的黎明
到頓悟的晚霞
以筆為槍
行走江湖
沒有孤寂
也沒有不孤寂

# 十七・七十（二）

過了做夢的歲月
仍愛做夢
並以夢為食
有夢才好混日子
不然，如何能在
台獨偽政權生活
這是十七和七十的共同語言

# 十七・七十（三）

未來何在
過去、現在、未來
皆不可得
皆如我詩
當下即初心
永恆不變、屹立不倒
一個我
時空皆不能定義我
不論十七或七十

# 問神

鄧麗君四十走了
劉真四十去報到
鳳飛飛六十移民西方
大漢奸李登輝長壽
又吸乾臺灣人的血
分裂國家民族
為何
那路神仙能給個答案

# 快樂的鳥（一）

我從未見過鳥兒悲傷
或怨天罵人
牠們始終很快樂
快樂歌唱慢活
原來牠們飛得高
遠離濁惡世界
遠離台獨偽政權
所以快樂自在

# 快樂的鳥（二）

我又發現
鳥兒絕頂聰明
不僅遠離台獨偽政權
從不與漢奸為伍
牠們太有遠見了
我讀懂牠們無情說法
我要學習當一隻鳥

# 快樂的鳥（三）

世上的鳥那樣多
我這隻老鳥最特別
我是會寫作的鳥
有那隻鳥會？
我是有退休金的鳥
那隻鳥有？
我快樂到爽
有銀子
可以完成鳥的春秋大業

# 美豬美牛（一）

這些雖然都是一群獸
乃地球最邪惡
目前還是很強大之獸
二戰後
許多國家、民族
千萬眾生等
都亡於美豬美牛之手

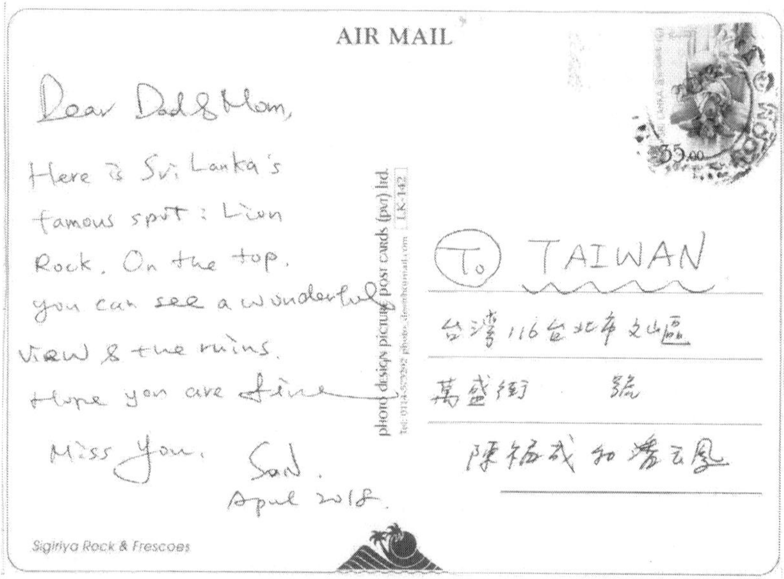

## 美豬美牛（二）

這群獸之所以可怕
因其食白種
資本主義長大
其毒無比
是謂廿一世紀新鴨片
妖女漢奸愛美豬美牛
其毒等級相同
足使臺灣人絕子絕孫

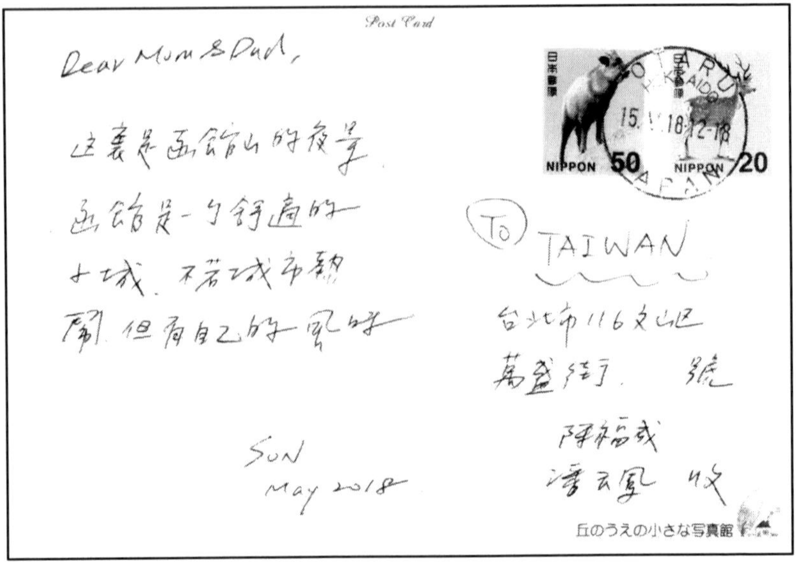
Post Card
Dear Mum & Dad,
這裏是函館山的夜景
函館是一个舒適的
小城，不若城市熱
鬧 但有自己的風味
SUN
May 2018
NIPPON 50
NIPPON 20
TO
TAIWAN
台北市116文山區
萬盛街　號
陳福成
潘玉鳳　收
丘のうえの小さな写真館

# 美豬美牛使物種滅絕

母生物食之不孕
公生物食之無精
久而久之
將使地球第六次大滅絕
加速來臨
物種滅絕指日可待

# 結論（一）

生命是否有個結論
星星月亮太陽走到終站
也有結論嗎
先看看一片落葉
回歸大地前
說了什麼
仔細聽聽
他到底說了什麼

# 結論（二）

或問一朵花
將謝去時
除了謝天謝地感恩的心
還說什麼
是否回顧一生
加減乘除
有了滿意的結論

# 結論（三）

我深思
傾聽無情說法
虛空中
大地山河傳簡訊
一切有為法
如夢幻泡影
如露亦如電
應作如是觀

# 陳福成著作全編總目

## 壹、兩岸關係

決戰閏八月
防衛大台灣
解開兩岸十大弔詭
大陸政策與兩岸關係

## 貳、國家安全

國家安全與情治機關的弔詭
國家安全與戰略關係
國家安全論壇。

## 參、中國學四部曲

中國歷代戰爭新詮
中國近代黨派發展研究新詮
中國政治思想新詮
中國四大兵法家新詮：孫子、吳起、孫臏、孔明

## 肆、歷史、人類、文化、宗教、會黨

神劍與屠刀
中國神譜
天帝教的中華文化意涵
奴婢妾匪到革命家之路：復興廣播電台謝雪紅訪講錄
洪門、青幫與哥老會研究

## 伍、詩〈現代詩、傳統詩〉、文學

幻夢花開一江山
赤縣行腳・神州心旅
「外公」與「外婆」的詩
尋找一座山
春秋記實
性情世界
春秋詩選
八方風雲性情世界
古晟的誕生
把腳印典藏在雲端
從魯迅文學醫人魂救國魂說起
六十後詩雜記詩集

## 陸、現代詩（詩人、詩社）研究

三月詩會研究
我們的春秋大業：三月詩會二十年別集
中國當代平民詩人王學忠
讀詩稗記
嚴謹與浪漫之間
一信詩學研究：解剖一隻九頭詩鵠
囚徒
胡爾泰現代詩臆說
王學忠籲天詩錄

## 柒、春秋典型人物研究、遊記

山西芮城劉焦智「鳳梅人」報研究
在「鳳梅人」小橋上
我所知道的孫大公

為中華民族的生存發展進百書疏
金秋六人行
漸凍勇士陳宏

**捌、小說、翻譯小說**

迷情・奇謀・輪迴、
愛倫坡恐怖推理小說

**玖、散文、論文、雜記、詩遊記、人生小品**

一個軍校生的台大閒情
古道・秋風・瘦筆
頓悟學習
春秋正義
公主與王子的夢幻、
洄游的鮭魚
男人和女人的情話真話
台灣邊陲之美
最自在的彩霞
梁又平事件後

**拾、回憶錄體**

五十不惑
我的革命檔案
台大教官興衰錄
迷航記、
最後一代書寫的身影
我這輩子幹了什麼好事
那些年我們是這樣寫情書的
那些年我們是這樣談戀愛的
台灣大學退休人員聯誼會第九屆理事長記實

**拾壹、兵學、戰爭**

孫子實戰經驗研究
第四波戰爭開山鼻祖賓拉登

**拾貳、政治研究**

政治學方法論概說
西洋政治思想史概述
中國全民民主統一會北京行
尋找理想國：中國式民主政治研究要綱

**拾參、中國命運、喚醒國魂**

大浩劫後：日本 311 天譴說
日本問題的終極處理
台大逸仙學會

**拾肆、地方誌、地區研究**

台北公館台大地區考古・導覽
台中開發史
台北的前世今生
台北公館地區開發史

**拾伍、其他**

英文單字研究
與君賞玩天地寬（文友評論）
非常傳銷學
新領導與管理實務

# 2015 年 9 月後新著

| 編號 | 書　　名 | 出版社 | 出版時間 | 定價 | 字數(萬) | 內容性質 |
|---|---|---|---|---|---|---|
| 81 | 一隻菜鳥的學佛初認識 | 文史哲 | 2015.09 | 460 | 12 | 學佛心得 |
| 82 | 海青青的天空 | 文史哲 | 2015.09 | 250 | 6 | 現代詩評 |
| 83 | 為播詩種與莊雲惠詩作初探 | 文史哲 | 2015.11 | 280 | 5 | 童詩、現代詩評 |
| 84 | 世界洪門歷史文化協會論壇 | 文史哲 | 2016.01 | 280 | 6 | 洪門活動紀錄 |
| 85 | 三搞統一：解剖共產黨、國民黨、民進黨怎樣搞統一 | 文史哲 | 2016.03 | 420 | 13 | 政治、統一 |
| 86 | 緣來艱辛非尋常－賞讀范揚松仿古體詩稿 | 文史哲 | 2016.04 | 400 | 9 | 詩、文學 |
| 87 | 大兵法家范蠡研究－商聖財神陶朱公傳奇 | 文史哲 | 2016.06 | 280 | 8 | 范蠡研究 |
| 88 | 典藏斷滅的文明：最後一代書寫身影的告別紀念 | 文史哲 | 2016.08 | 450 | 8 | 各種手稿 |
| 89 | 葉莎現代詩研究欣賞：靈山一朵花的美感 | 文史哲 | 2016.08 | 220 | 6 | 現代詩評 |
| 90 | 臺灣大學退休人員聯誼會第十屆理事長實記暨2015～2016 重要事件簿 | 文史哲 | 2016.04 | 400 | 8 | 日記 |
| 91 | 我與當代中國大學圖書館的因緣 | 文史哲 | 2017.04 | 300 | 5 | 紀念狀 |
| 92 | 廣西參訪遊記（編著） | 文史哲 | 2016.10 | 300 | 6 | 詩、遊記 |
| 93 | 中國鄉土詩人金土作品研究 | 文史哲 | 2017.12 | 420 | 11 | 文學研究 |
| 94 | 暇豫翻翻《揚子江》詩刊：蟾蜍山麓讀書瑣記 | 文史哲 | 2018.02 | 320 | 7 | 文學研究 |
| 95 | 我讀上海《海上詩刊》：中國歷史園林豫園詩話瑣記 | 文史哲 | 2018.03 | 320 | 6 | 文學研究 |
| 96 | 天帝教第二人間使命：上帝加持中國統一之努力 | 文史哲 | 2018.03 | 460 | 13 | 宗教 |
| 97 | 范蠡致富研究與學習：商聖財神之實務與操作 | 文史哲 | 2018.06 | 280 | 8 | 文學研究 |
| 98 | 光陰簡史：我的影像回憶錄現代詩集 | 文史哲 | 2018.07 | 360 | 6 | 詩、文學 |
| 99 | 光陰考古學：失落圖像考古現代詩集 | 文史哲 | 2018.08 | 460 | 7 | 詩、文學 |
| 100 | 鄭雅文現代詩之佛法衍繹 | 文史哲 | 2018.08 | 240 | 6 | 文學研究 |
| 101 | 林錫嘉現代詩賞析 | 文史哲 | 2018.08 | 420 | 10 | 文學研究 |
| 102 | 現代田園詩人許其正作品研析 | 文史哲 | 2018.08 | 520 | 12 | 文學研究 |
| 103 | 莫渝現代詩賞析 | 文史哲 | 2018.08 | 320 | 7 | 文學研究 |
| 104 | 陳寧貴現代詩研究 | 文史哲 | 2018.08 | 380 | 9 | 文學研究 |
| 105 | 曾美霞現代詩研析 | 文史哲 | 2018.08 | 360 | 7 | 文學研究 |
| 106 | 劉正偉現代詩賞析 | 文史哲 | 2018.08 | 400 | 9 | 文學研究 |
| 107 | 陳福成著作述評：他的寫作人生 | 文史哲 | 2018.08 | 420 | 9 | 文學研究 |
| 108 | 舉起文化使命的火把：彭正雄出版及交流一甲子 | 文史哲 | 2018.08 | 480 | 9 | 文學研究 |
| 109 | 我讀北京《黃埔》雜誌的筆記 | 文史哲 | 2018.10 | 400 | 9 | 文學研究 |
| 110 | 北京天津廊坊參訪紀實 | 文史哲 | 2019.12 | 420 | 8 | 遊記 |
| 111 | 觀自在綠蒂詩話：無住生詩的漂泊詩人 | 文史哲 | 2019.12 | 420 | 14 | 文學研究 |
| 112 | 中國詩歌墾拓者海青青：《牡丹園》和《中原歌壇》 | 文史哲 | 2020.06 | 580 | 6 | 詩、文學 |

| | | | | | | |
|---|---|---|---|---|---|---|
| 113 | 走過這一世的證據：影像回顧現代詩集 | 文史哲 | 2020.06 | 580 | 6 | 詩、文學 |
| 114 | 這一是我們同路的證據：影像回顧現代詩題集 | 文史哲 | 2020.06 | 540 | 6 | 詩、文學 |
| 115 | 感動世界：感動三界故事詩集 | 文史哲 | 2020.06 | 360 | 4 | 詩、文學 |
| 116 | 印加最後的獨白：蟾蜍山萬盛草齋詩稿 | 文史哲 | 2020.06 | 400 | 5 | 詩、文學 |
| 117 | 台大遺境：失落圖像現代詩題集 | 文史哲 | 2020.09 | 580 | 6 | 詩、文學 |
| 118 | 中國鄉土詩人金土作品研究反響選集 | 文史哲 | 2020.10 | 360 | 4 | 詩、文學 |
| 119 | 夢幻泡影：金剛人生現代詩經 | 文史哲 | 2020.11 | 580 | 6 | 詩、文學 |
| 120 | 范蠡完勝三十六計：智謀之理論與全方位實務操作 | 文史哲 | 2020.11 | 880 | 39 | 文學研究 |
| 121 | 我與當代中國大學圖書館的因緣（三） | 文史哲 | 2021.01 | 580 | 6 | 詩、文學 |

# 陳福成國防通識課程著編及其他作品

## （各級學校教科書及其他）

| 編號 | 書　　名 | 出版社 | 教育部審定 |
|---|---|---|---|
| 1 | 國家安全概論（大學院校用） | 幼　獅 | 民國 86 年 |
| 2 | 國家安全概述（高中職、專科用） | 幼　獅 | 民國 86 年 |
| 3 | 國家安全概論（台灣大學專用書） | 台　大 | （臺大不送審） |
| 4 | 軍事研究（大專院校用） | 全　華 | 民國 95 年 |
| 5 | 國防通識（第一冊、高中學生用） | 龍　騰 | 民國 94 年課程要綱 |
| 6 | 國防通識（第二冊、高中學生用） | 龍　騰 | 同 |
| 7 | 國防通識（第三冊、高中學生用） | 龍　騰 | 同 |
| 8 | 國防通識（第四冊、高中學生用） | 龍　騰 | 同 |
| 9 | 國防通識（第一冊、教師專用） | 龍　騰 | 同 |
| 10 | 國防通識（第二冊、教師專用） | 龍　騰 | 同 |
| 11 | 國防通識（第三冊、教師專用） | 龍　騰 | 同 |
| 12 | 國防通識（第四冊、教師專用） | 龍　騰 | 同 |
| 13 | 臺灣大學退休人員聯誼會會務通訊 | 文史哲 | |
| 14 | 把腳印典藏在雲端：三月詩會詩人手稿詩 | 文史哲 | |
| 15 | 留住末代書寫的身影：三月詩會詩人往來書簡殘存集 | 文史哲 | |
| 16 | 三世因緣：書畫芳香幾世情 | 文史哲 | |

註：以上除編號 4，餘均非賣品，編號 4 至 12 均合著。　　編號 13　定價 1000 元。